おくのほそ道を歩く

山形・秋田

▲養泉寺

▲清風邸跡　人麻呂神社

▼石倉句碑・右の道は旧山寺街道

▲一栄亭跡の「さみだれを」碑

▲立石寺

▼仁王門と百丈岩

▲向川寺

▲猿羽根峠地蔵堂

▲猿羽根峠の戸沢藩境石標

▲本合海乗船場、左上に芭蕉・曽良像

▲最上川（高屋付近）

▲羽黒山南谷入口

▲つつが虫飾り

▲羽黒山三神合祭殿

▲湯殿山神社本宮

▲湯殿山千人沢

▲月山と御田原のお花畑

▲三崎山旧街道一里塚

▲北前船（千石船）

▲象潟（九十九島と鳥海山）

▲温海嶽と温海川

▲念珠関址

はじめに

『おくのほそ道』という陸奥行脚の実質的スタート地点は「陸奥國」の入口であった福島県の「白河関」といって良い。そこで『歴春ふくしま文庫㉉　おくのほそ道を歩く』を二〇〇三年に、『おくのほそ道を歩く　宮城・岩手』を二〇〇九年に発行した。今回の『おくのほそ道を歩く　山形・秋田』はこれらに継ぐものである。

『おくのほそ道』の当該部分では、陸奥から出羽への山越えを境にして「不易流行」ということを口にし、さらには象潟《きさかた》で奥羽の歌枕歴訪の目的は一応達成されたということもあって、それまでの緊張感から次第に解き放たれていく姿が覗える。

このくだりについては、『おくのほそ道』全体の作品構成上、正編と続編の二部構成になっていくとか、ここを折り目に表現が裏返っていくなど諸説があるようである。

さて『おくのほそ道』全行程の中で、山形県内、秋田県内の行程はそれぞれどの程度のものであったか、『曽良旅日記』にもとづき概略を見ておこう。

年	芭蕉46歳・曽良41歳
通算	約600里（約2400キロメートル）
	約150日余
	45章62頁

山形県　秋田県

月日	旅程
三月二十七日（新暦五・十六）	深川の杉風別宅を発つ
四月二十日（新暦六・七）	芦野の里　白河関
五月三日（新暦六・十九）	国見峠　白石泊
五月十二日（新暦六・二十八）	登米発　一関着
五月十五日（新暦七・一）	岩出山発　尿前　中山越え　堺田着
五月十七日（新暦七・三）	堺田発　山刀伐峠　尾花沢　清風宅着
五月二十七日（新暦七・十三）	尾花沢発　立石寺
五月二十八日（新暦七・十四）	大石田
六月一日（新暦七・十七）	大石田発　舟形　新庄
六月三日（新暦七・十九）	新庄発　本合海　古口　清川　羽黒
六月六日（新暦七・二十二）	月山
六月十日（新暦七・二十六）	羽黒発　鶴岡
六月十三日（新暦七・二十九）	鶴岡発　酒田
六月十五日（新暦七・三十一）	吹浦
六月十六日（新暦八・一）	象潟
六月十七日（新暦八・二）	象潟

元禄2年（1689年）	
全行程	
所要日数	
岩波文庫文	
	山形県
六月十八日（新暦八・三）	酒田
六月二十五日（新暦八・十）	酒田発　大山
六月二十六日（新暦八・十一）	立岩　温海
六月二十七日（新暦八・十二）	鼠ヶ関　中村
七月十二日（新暦八・二十六）	糸魚川　市振
七月十三日（新暦八・二十七）	堺　黒部川　滑河
七月十五日（新暦八・二十九）	倶利伽羅峠　金沢
七月二十四日（新暦九・七）	小松
七月二十七日（新暦九・十）	山中
八月十一日（新暦九・二十四）	福井
八月十四日（新暦九・二十七）	敦賀
八月二十一日（新暦十・四）	大垣着

山形県内四〇日、秋田県内二日となっているのだが、『おくのほそ道』の行程一五〇日余のうち、山形県内の四〇日は、従来比較的日数を要した宮城県内一一、二日、福島県内一二、三日に比べ格別に多い。

そこで、山形県内長逗留の内訳を見てみよう。

宿泊地	宿泊場所	宿泊日数
尾花沢	鈴木清風三泊、養泉寺	一〇泊
山寺	預り坊	一泊
大石田	高野一栄	三泊
新庄	渋谷甚兵衛（風流）	二泊
羽黒	南谷院居所	六泊
月山	角兵衛小ヤ	一泊
鶴岡	長山氏重行	三泊
酒田	伊藤玄順（不玉）	二泊
吹浦		一泊
酒田	伊藤玄順	七泊
鶴岡（大山）	丸や義左衛門	一泊
温海	鈴木所左衛門	一泊

最も多いのが尾花沢で、鈴木清風が世話してくれた養泉寺と清風宅の一〇泊であった。江戸前期の紅花大尽として名をはせた鈴木清風は、談林派で名の知られた俳人でもあり、恐らくその力によって、尾花沢は俳諧が盛な土地柄にもなったのだろうが、蕉風とは一線を画していたであろうから、芭蕉を招いて俳諧の会を催したとしても、芭

蕉は心底この地で俳諧を楽しむというところまでは、いかなかったのではあるまいか。

むしろ『おくのほそ道』の旅の中でも、最も困難を極めた尿前の関から中山越え、山刀伐峠と、奥羽山系横断の旅を終えた芭蕉にとって、清風の剛毅《ごうき》な気性とその大きな家、またそれ以上に、前年修造されたばかりの樹木に囲まれた静かな養泉寺に心底くつろいだのではなかろうか。

次いで、酒田の伊藤玄順宅に九泊、羽黒に六泊と続くのだが、羽黒山は熊野と並ぶ山岳信仰の地で知られ、中世以降陸奥・出羽両国の鎮守とされていた。「おくのほそ道」を旅する者として、羽黒山・月山・湯殿山の三山巡礼は、芭蕉にとって当初から考えていたことであり、またこの修行の「死と再生」の儀礼を通し、自らの俳諧に新たな息吹きを与えたいと切望したことにもよるのであろう。

さて、酒田での九泊は、今までずっと山国を歩いてきた芭蕉にとって、海岸線が続く海は広々として心地良かった。

酒田は日本海最大の港町で、西廻《にしまわり》航路の海港であり、また最上川舟運の川港でもあったから、米蔵が並ぶ湊町として栄えていた。

藩医で酒田俳壇の中心人物伊藤玄順（不玉）宅で芭蕉は二泊し、ここから日光の章で「このたび松しま・象潟の眺《ながめ》共にせん事を悦《よろこ》び、且《かつ》は羇旅《きりょ》の難をいたはらんと、『おくのほそ道』」と、当初からの旅の目的地の一つであった象潟へ出掛けたが、その象潟から酒田に戻り、引き続き七泊も滞在した。

酒田は西鶴の『日本永代蔵』にも取り上げられるほどの鐙屋《あぶみや》惣左衛門を始め、多くの豪商が軒を並べ、彼ら豪商たちの嗜《たしな》みの一つともなっていた俳諧にたいしても、それぞれ造詣が深く、また広く諸国を相手にしていただけに頭も柔軟で、新しい蕉風に対する興味も理解も早かったので、連句会が二回も開かれた。従って尾花沢とは違った意味で芭蕉を楽しませ、居心地良くさせた結果の酒田滞在九日間なのであろう。

次いで秋田県の二日は、先に見たように象潟が松島と並んで『おくのほそ道』の当初の目的であったことから頷《うなず》ける。

ところで前編同様、芭蕉と曽良が歩いた場所、道については謎が多く、『おくのほそ道』や芭蕉に同行した曽良の『曽良旅日記』、旅中に曽良が書き留めた「俳諧書留」をもとに、今回もおそらくここを歩いたのでは…という暗中模索での旅となったが、最寄り駅を起点にできるだけ「歩き継ぐ」ようにして旅に出た。

注・引用文は『芭蕉おくのほそ道　付曽良旅日記』（岩波文庫）を使用し、『おくのほそ道』『曽良旅日記』と記した。
・本文中の《　》は私注または私的ルビである。
・写真　田口守造

目次

第五部　秋田県にかほ市

第六部　山形県鶴岡市

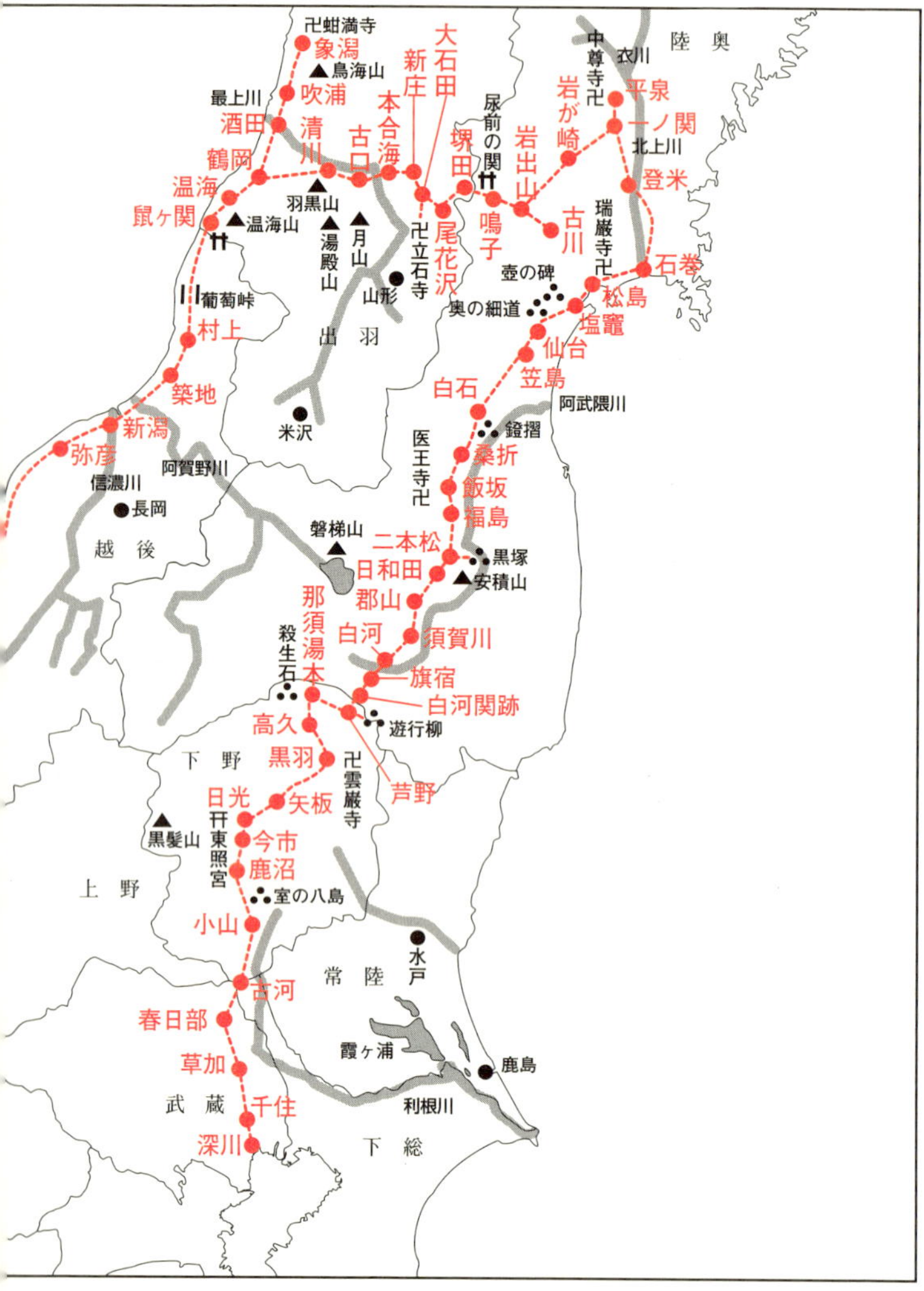
卍蚶満寺
象潟
鳥海山
最上川
吹浦
酒田
清川
鶴岡
温海
鼠ヶ関
温海山
羽黒山
湯殿山
月山
古口
本合海
新庄
大石田
卍立石寺
尾花沢
山形
尿前の関
堺田
鳴子
岩出山
岩が崎
古川
中尊寺卍
衣川
平泉
一ノ関
北上川
登米
陸奥
瑞巌寺卍
石巻
松島
塩竈
壺の碑
奥の細道
仙台
笠島
白石
阿武隈川
鐙摺
桑折
飯坂
福島
医王寺卍
葡萄峠
村上
出羽
築地
米沢
新潟
弥彦
信濃川
阿賀野川
長岡
越後
磐梯山
二本松
黒塚
日和田
安積山
郡山
那須湯本
殺生石
白河
須賀川
旗宿
白河関跡
遊行柳
高久
黒羽
卍雲巌寺
芦野
下野
日光
矢板
黒髪山
⛩東照宮
今市
鹿沼
室の八島
上野
小山
水戸
常陸
古河
春日部
霞ヶ浦
鹿島
草加
武蔵
千住
利根川
深川
下総

「おくのほそ道」全図

※赤点線は芭蕉・曽良の足跡

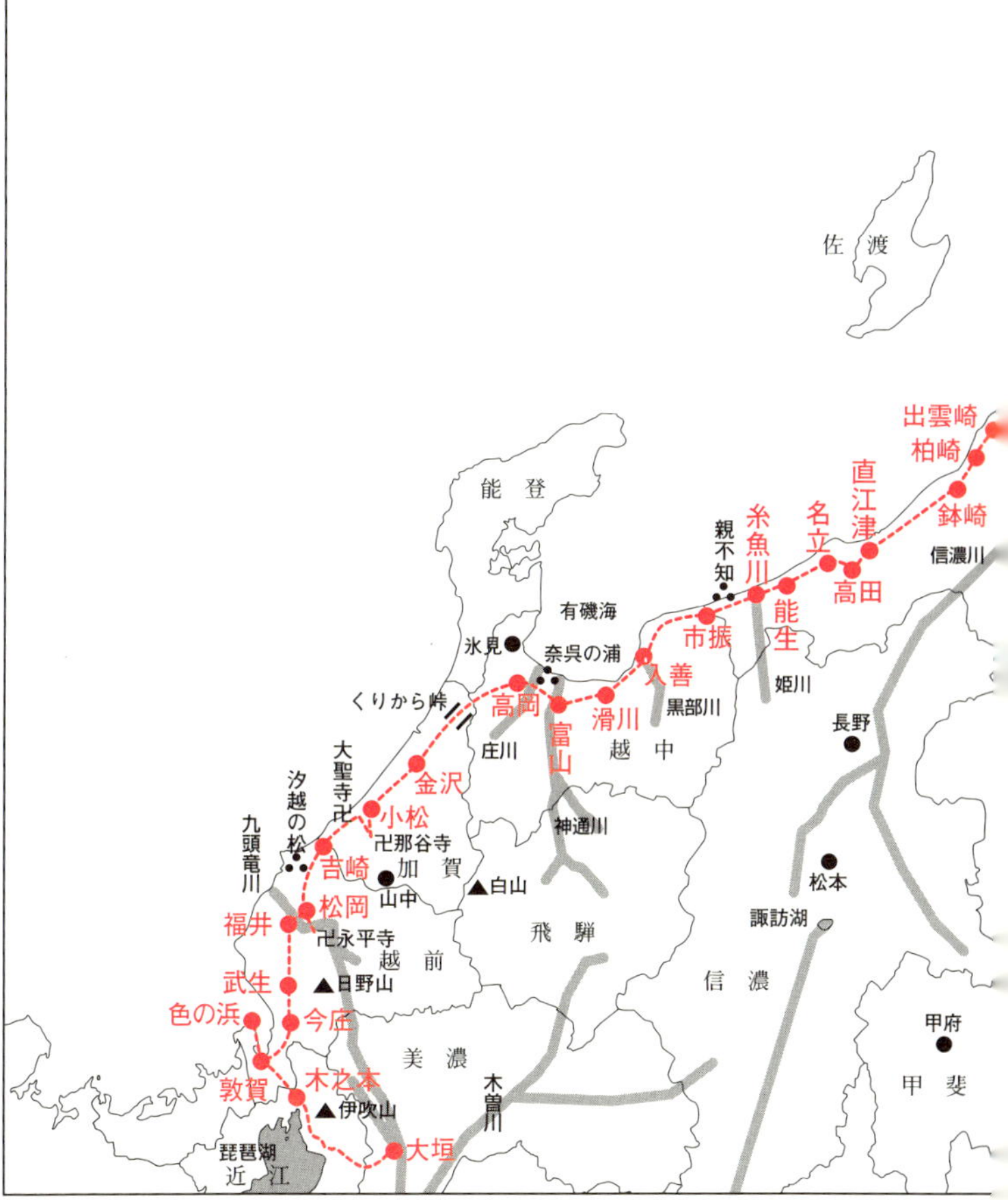

第一部

山形県尾花沢市・天童市・山形市・北村山郡・最上郡・新庄市

かれは富るものなれども…

尾花沢《おばなざわ》

（山刃伐《なたぎり》峠《とうげ》下山口（新県道との合流点）より徒歩一時間一五分、四・八キロ。バス停「市野々」→バスで三〇分、約一五キロ。バス停「尾花沢待合所」。山形県尾花沢市上町《かんまち》六丁目一番一六号→徒歩一二分、〇・七キロ。清風邸跡。尾花沢市中町→芭蕉清風歴史資料館。尾花沢市中町五の三六→徒歩八分、〇・五キロ。養泉寺《ようせんじ》。尾花沢市梺《ふもと》町二の四の六→徒歩一四分、〇・八キロ。念通寺《ねんつうじ》。尾花沢市上町五の六の五〇→徒歩七分、〇・四キロ。上町観音堂。尾花沢市上町三丁目）

十七日　…市野々五、六丁行テ関有。最上御代官所也。百姓番也。関ナニトヤラ云村也。正厳・尾花沢ノ間、村有。是、野辺沢へ分ル也。正ゴンノ前ニ大夕立ニ逢。昼過、清風へ着、一宿ス。

『曽良旅日記』

堺田を発った芭蕉たちは、山刃伐峠を越え尾花沢最奥の集落市野々を通り、一・三キロ程先の幕府領尾花沢代官所の番所がある、関谷手前で若者と別れた。入判をもらって尾花沢へ急ぐが、曽良が記すように正厳《しょうごん》の手前で大夕立にあい、ずぶ濡れとなって五月一七日（陽暦七月三日）の昼過ぎ、尾花沢の清風《せいふう》宅に着いた。

尾花沢《をばなざわ》にて清風《せいふう》と云者《いふもの》を尋《たづ》ぬ。かれは富《とめ》るものなれども志《こころざし》いやしからず。都《みやこ》にも折々かよひて、さすがに旅の情《なさけ》をも知《し》りたれば、日比《ひごろ》とゞめて、長途《ちやうど》のいたはり、さま〴〵にもてなし侍る。

涼しさを我宿《わがやど》にしてねまる也

這出《はひいで》よかひやが下のひきの声

まゆはきを俤《おもかげ》にして紅粉《べに》の花
蚕飼《こがひ》する人は古代のすがた哉
曽良
『おくのほそ道』

尾花沢は、羽州街道宿場町であると共に紅花《べにばな》積み出しの大石田に隣接していたため、紅花の集散地として発展した。

小アジアやエジプト地方が原産地の紅花は夏に紅黄色の花をつけるが、全開前に摘み取り花踏み花寝せして、紅花餅《はなもち》を作り乾燥させた。越後高田・飛騨高山と並ぶ豪雪地帯の尾花沢は、紅花の種を蒔く時期まで雪があるため栽培はされなかったが、尾花沢以南の山形盆地一帯（今の村山市、河北町、天童市、山形市、上山市）は、良質の紅花産地であった。

こうした地域の紅花を集荷し、乾燥させた紅花餅を大石田から最上川下りの船で河口の酒田港へ積み出し、酒田から北前船で日本海を敦賀まで運んだ。敦賀からは陸路を使って琵琶湖の北岸まで運び、大津まで船で湖上を渡り、大津から京へ運ばれた。京では紅花餅を原料に紅色の染料をつくり、紅絹《もみ》の染料や女性の唇を彩る臙脂《べに》となった。

ところで、「俳諧の連歌」を略して「俳諧」というのだが、「俳諧」とは本来、滑稽、機知、ユーモアの意味である。

和歌の上の句と下の句を機知、ユーモアを活かして二人で問答唱和し、一首の和歌（短連歌）をつくるのが「俳諧の連歌」で、この原初形態は万葉集にまでさかのぼるという。

これが次第に一人で、または多人数で、上の句下の句を何回も続けていくようになり、長連歌になっていった。

室町時代になると庶民にまで広がり、そこから飯尾宗祇《いいおそうぎ》のような連歌師が出て、「連歌式目」という細かいきまりをつくるようになると、本来の滑稽性を失い、優雅な和歌的世界を重視する「有心《うしん》連歌」が盛んになり、宗祇、肖柏《しょうはく》、宗長《そうちょう》の水無瀬《みなせ》三吟百韻がその典型となった。

しかし戦国時代になると、人々の心を明るく救うものとして本来の「俳諧の連歌」が地下で歌い継がれ、これを拾い集めた山崎宗鑑《やまざきそうかん》の「俳諧連歌抄」などが、「俳諧の連歌」を「有心連歌」から独立させるきっかけをつくった。

江戸時代になると松永貞徳《まつながていとく》（貞門派）が「俳諧の連歌」を「有心連歌」から独立させ、人々は「俳諧の連歌」を「俳諧」というようになった。しかし、連歌と対等になった分、露骨さ、卑猥《ひわい》さを避けるようになり、知的技巧を凝らした上品な滑稽味が本命となった。

芭蕉は伊賀國上野の小作《こさく》兼手習師匠、松尾与左衛門の次男として生まれたが、一三歳で父を喪い、伊賀付侍大将藤堂新七郎良精《よしきよ》の嫡男で、二歳年上の良忠のところに武家奉公に出た。そこで良忠が貞門俳諧の代表俳人北村季吟に師事していたので芭蕉も共に学んだ。

二四歳の時良忠が亡くなったが、このころ既に芭蕉は頭角を顕わし、伊賀上野の人々が俳諧を習いにきており、この人々の作品を集めて三十番句合せ「貝おほひ」を出し、江戸へ出た。

「貝おほひ」を江戸の書店から出版すると共に、松江重頼門や北村季吟門の俳諧宗匠の俳諧興行の手伝いなどしていた。

一方、俳諧愛好者が増える程、封建社会で生きる人々は、上品な滑稽味や知的技巧重視の貞門俳諧にあきたらなくなっていった。

そこに人の意表を突くような滑稽味や意外性を強調する大坂の西山宗因《にしやまそういん》を祖とする談林俳諧が出てきた。古語、古典、故事のみならず、当時流行した謡曲、俗語、習俗を自在に取り入れたのである。

三二歳の芭蕉は、西山宗因が江戸へ下向した際惹かれ、談林俳諧に転向、三四歳で談林俳諧宗匠となった。

清風とは、尾花沢の紅花問屋島田屋の長男鈴木道祐＝通称島田屋八右衛門の俳号であった。

心の花の都にも二年三とせすみなれ、古今俳諧の道に踏迷ふ

「おくれ双六」清風自序・一六八一

陸奥の鈴木清風、俳諧の修行者となりて、都・江戸と渡りつくし

清風は親の名代として二〇代のころから商用で京、江戸へ出ており、俳諧をたしなみ談林派の人々と交わって、「おくれ双六（延宝九年＝一六八一）」「稲莚《いなむしろ》」「一橋」などの選集を公刊し、京や江戸でも名を知られていた。「おくれ双六」には芭蕉の句も載せており、芭蕉ともこのころから知り合っていたのであろう。

清風は芭蕉が尾花沢を訪れる四年前の貞享《じょうきょう》二年（一六八五）には、江戸小石川で芭蕉一門を含め「古式百韻」を、翌年も芭蕉一派と連句「七吟歌仙」を作るなど芭蕉との交わりがあった。

尿前の関から中山越え、山刀伐峠と奥羽山系横断の旅を続けてきた芭蕉を何日も引き止めて、長旅の労をねぎらい、手厚くもてなしてくれた清風と尾花沢という土地に対する感謝の心が、四句の挨拶吟にこめられているので要約しながら見てみよう。

この座敷の涼しさを我が物顔にゆったりと旅の疲れを癒《いや》しているのだが、この涼しさは、清風という名のとおり、その人の心根をも忍ばせるものだ。

この尾花沢辺りでは、蚕を多く飼っているが、『万葉集』巻十六「朝霞かひやの下の鳴くかはづしのびつ、ありと告げん児もがも」に見るような、「かひや」という古語が、「養蚕室」の意味で今なお使われていることに心惹かれたうえに、蚕は女性が朝早くから扱うものなので、「かひやが下のひきの声」と忍び男の人目を忍ぶ態《さま》をも想起してしまう。

さらにこの地特産の紅花の咲くさまは、女性がお化粧をした後、眉《まゆ》の上の白粉を払う刷毛《はけ》に似て優しいとし、ホッとくつろいだ芭蕉の心の明るさと笑いが滲み出ている。最後に、蚕飼をするこの土地の人々が、古代の袴に似たフグミ（もんぺの一種）を着けて働いている姿は清楚《せいそ》で、神代の姿を髣髴《ほうふつ》とさせるとし、今なお古代の名残をとどめている東北の地への賛歌と、清風への感謝の心をこめた挨拶吟となっている。

さて、山刀伐峠からの道が町中へ入り、山形銀行の十字路を過ぎた道路沿いに、「奥の細道　清風邸跡」の標柱が建っていた。数度の火災にあい、昔の面影を偲びようもないが、裏庭の人麻呂神社が清風伝説をとどめていた。

芭蕉が訪れた三年後に家督相続した清風の代で、島田屋は大いに発展した。元禄一五年（一七〇二）、江戸商人たちの紅花不買同盟にあった清風は、紅花を品川海岸で焼き捨て、高値となった紅花で三万両の利益を得た。この金で清風は三日三晩吉原の大門を閉じ、遊女たちを休養させたので、その心意気に感じた高尾太夫が柿本人麻呂像を贈ったという。裏庭の人麻呂神社には、この人麻呂像を祀っているという。
ここで芭蕉たちの尾花沢逗留《とうりゅう》のもようをみてみよう。

十八日　昼、寺ニテ風呂有。小雨ス。ソレヨリ養泉寺移リ居。
十九日　朝晴ル。素英、ナラ茶賞ス。夕方小雨ス。
廿日　小雨。
廿一日　朝、小三良へ被招。同晩、沼沢所左衛門へ被招。此ノ夜、清風ニ宿。
廿二日　晩、素英へ被招。
廿三日ノ夜、秋調へ被招。日待也。ソノ夜清風ニ宿ス。
廿四日之晩、一橋、寺ニテ持賞ス。一七日ヨリ終日晴明ノ日ナシ。
　秋調　仁左衛門。　素英　村川伊左衛門。　一中　町岡素雲。

一橋　田中藤十良。遊川　沼沢所左衛門。東陽　歌川平蔵。
大石田、一栄　高野平右衛門。　同、川水　高桑加助。　上京、鈴木宗専、俳名似林、息小三良。新庄、渋谷甚兵へ、風流。
廿五日　折々小雨ス。大石田ヨリ川水入来、連衆故障有テ俳ナシ。夜ニ入、秋調ニテ庚申待ニテ被レ招。
廿六日　昼ヨリ於二遊川一東陽持賞ス。此日も小雨ス。
廿七日　天気能。辰ノ中尅、尾花沢ヲ立テ立石寺へ趣。…　　『曽良旅日記』

芭蕉訪問当時三九歳（芭蕉より七歳年下、曽良より二歳年下）の清風はまだ当主ではなく、良い紅花を集荷するための産地の見廻りなど家業に忙しく、芭蕉達は一〇泊一一日の尾花沢逗留中、清風宅には一七日、二一日、二三日の三泊で、あとは養泉寺の座敷に寛《くつ》ろいだ。

清風宅跡前の道を真直ぐ行き、突き当たりを右へ折れ、今度は標示に従い左へ入ると、右手に養泉寺があった。ここは旧羽州街道の坂道を上がってすぐの高台で、坂下の説明板に依れば、晴れた日は坂下から左に月山、右に鳥海山（出羽小富士）を見ることができるとあるが、今日はあいにくの雨であった。

養泉寺の説明板には、旧堂は元禄元年（一六八八）に修築、芭蕉は月山、鳥海山を望む新しい寺に寛ぎ、自由に諸俳士と交流したなどとある。なるほど、『曽良旅日記』に見るように、尾花沢の清風の連衆である地元や大石田、新庄などの俳諧をたしなむ富豪、庄屋、医者などに次々招かれ饗応を受けており、その点、商いで忙しい清風宅にいるよりも気楽に交流ができたに違いない。

この寺は天台宗で、仁王が横向きの仁王門（左門には等身大の黒馬が祀られていた）をくぐると、右手の覆堂《さやどう》の中に「涼し塚」と称される「涼しさを我が宿にしてねまる也」の丸みをおびた句碑が、「壷中居士」と刻した碑と並んでおさめられていた。

壷中居士とは、享保ごろから宝暦・明和ごろまでの俳人、最上《もがみ》林崎（村山市）の素封家《そほうか》坂部九内のことで、立石寺に「せみ塚」を建てた人である。

墓地側には、「芭蕉翁」碑と、芭蕉滞在中に巻いた歌仙の初折《しょおり》の表四句を刻した加藤楸邨《しゅうそん》筆の大きな芭蕉連句碑が建っていた。

すゞしさを我やどにしてねまるなり　芭蕉
つねのかやりに草の葉を焼　清風
鹿子立をのへのし水田にかけて　曽良
ゆふづきまるし二の丸の跡　素英

清風の共同墓地（念通寺）

正面には折からの雨に濡れて赤い屋根の養泉寺が、大きな松や桜木のもと建っていた。寺は明治二八年（一八九五）の大火で類焼し、往時の面影はないが、涼し塚の向側の古い外井戸だけが当時を偲ぶ唯一のものであるという。

上町の北、「寺前」バス停真向かいの、農協脇の路地を入った突き当たりが、清風の共同墓地がある念通寺である。本堂は元禄一〇年（一六九七）清風の寄進による建立といわれるが、清風の墓というのはなく、境内左手の階段を下りた大公孫樹《いちょう》の下に念通寺檀家合葬の大きな骨堂があった。

上町観音堂を目指し「寺前」バス停通りを七分程歩くと左手道沿いに「村川素英之生前墓」の小さな標柱が目に着く。素英は多忙な清風に代わり芭蕉の接待に努めた人である。

清風邸址東隣の芭蕉・清風歴史資料館は、蔵造りの商家、旧丸屋の店舗と母屋を移築したものとなっている。左半分の土蔵・母屋は江戸時代末期の創建、右半分は明治時代のもので、尾花沢地方における江戸時代町家《まちや》の完成した姿を伝える貴重な遺構という。

芭蕉・清風歴史資料館（江戸時代町家）

芭蕉・清風関係の資料などが展示されているが、芭蕉が元禄七年（一六九四）伊賀上野で、新庵のお礼に門人たちをもてなした「八月十五夜月見の献立」や奈良茶膳の写真などがあり楽しめた。

また幸いにして、銀山温泉開湯三〇〇年を記念し、銀山展を開催中であった。延沢《のべさわ》銀山の名称に由来する銀山温泉は、清風が正徳年間（一七一一〜一五）に四方に石垣を寄付し湯坪をこしらえ、湯治場にしたとある。正徳二年（一七一二）の「村差出明細帳」に出湯二坪（上の湯は寒、下の湯は熱→福島県飯坂湯町参照）で湯守はおらず、入浴一人につき一〇文（一五〇円位）を徴収したなどとある。

人麻呂神社の話、銀山温泉の話、また『おくのほそ道』を読んで清風宅を訪れた俳人たちを邪険に扱ったなどの話にしても、実業家清風の人柄が偲ばれて楽しい。

立石寺《りゅうしゃくじ》

（東北本線天童駅より徒歩一五分、一キロ。城山公園。山形県天童市五日町二の二六の一→徒歩七分、〇・五キロ。旧山寺街道起点→徒歩一五分、七キロ。芭蕉句碑→徒歩一時間、四キロ。立石寺《りゅうしゃくじ》。山形県山形市山寺四四五六の一）

山形領に立石寺《りふしやくじ》と云《いふ》山寺あり。慈覚大師《じかくだいし》の開基にして、殊清閑《ことにせいかん》の地也。一見すべきよし、人々のすゝむるに依《より》て、尾花沢よりとつて返し、其間《そのかん》七里ばかり也。日いまだ暮《くれ》ず。『おくのほそ道』

二七日　天気能。辰ノ中尅、尾花沢ヲ立テ立石寺へ趣。清風ヨリ馬ニテ館岡迄被送ル。尾花沢。二リ、元飯田。一リ、館岡。一リ、六田。馬次間ニ内蔵ニ逢。二リよ、天童(山形へ三リ半)。一リ半ニ近シ、山寺。未ノ下尅ニ着。…『曽良旅日記』

芭蕉は鈴木清風らのすすめで、五月二七日（新暦七月一三日）尾花沢を午前八時半ごろ発ち、ほとんど平坦な羽州街道を南下し本飯田・館岡《たておか》・六田《ろくた》・天童を経て、山寺にたどり着いた。当時この辺りには狼が出たようで途中まで清風が馬で送ってくれたのもそういうことを配慮してのことなのだろう。

昼ごろ天童に着いたようだが、羽州街道の天童宿入り口は一日町であった。

南北朝時代南朝方の北畠天童丸が城館を構えた舞鶴山麓の北目から山寺街道への道が分かれるというので、山寺街道の起点に行ってみた。

山寺街道への分かれ道と道標（左下）

道標

さて天童駅を出て、最初の信号を右折した。街の赤松並木が珍しかった。三日町二丁目三の角を左折して行くと、正面に見事な赤松林に包まれた建勲《たけいさお》神社があった。

一〇〇段ほどの階段を上っていくと樹齢二〇〇年という二〇〇本ほどの松の美林につつまれ、天童織田藩の始祖織田信長が祀られていた。

社殿右手の見事な赤松の根元に「芭蕉翁　はら中や物にもつかす鳴雲雀」句碑が建ち、境内の階段から天童市内を見晴らせた。

次いで仏向寺向かいの路地に入ると左手に白と茶が目立つ建物旧東村山郡役所、その右手に「奥の細道ゆかりの地　翁塚跡」

の木柱が建っていた。

郡役所の右手が城山公園で左奥に「行末は誰肌ふれむ紅の花　『俳諧一葉集』より」句碑、右手に宝暦八年（一七五八）芭蕉行脚七〇年記念に菱華亭池青が「ばせを翁古池や蛙飛びこむ水の音」の句碑を建て翁塚と称したといい、句碑と「念仏寺跡　翁塚」碑と副碑が建っていた。

台風余波の雨が本降りとなるが、城山の古木の陰で昼食をとった。

ここから一日町を目指し北目一丁目の路地裏を行くと、二重の小さな土台石の上に五〇糎《センチ》程の石標が建ち、「右若松道《わかまつどう》　左湯殿山道」とあった。向かい側の木柱には「奥の細道　山寺への道　北目」とあった。山寺街道の起点であった。

あいにくの雨で、ここからはタクシーを使い、一三号線を横切って行くが、この辺りの山寺街道は耕地整理で道がなくなり、石倉辺りからまた旧道を辿れるようである。

萩の戸四辻を通過、山寺街道と村山東部地区広域農道の交差点を広域農道の方へ入り歩いて二〇分ほどの一角に、加藤楸邨揮毫《きごう》の芭蕉句碑「まゆはきを俤にして紅粉の花」が建っていた。

立石の道にて

まゆはきを俤にして紅ノ花　「俳諧書留」

当時石倉周辺から見渡す紅花畑が満開で月山の遠望も見事だったのだろう。この地で「まゆはき」の句を詠んだといわれている。

ここが山寺への旧道の分岐点で、右脇に細道が続いているのが旧山寺街道であるという。背後に楸邨夫妻の句碑が建っていた。

雨が本降りとなりずぶぬれで宿に着くが、宿の主人は明日は台風でもっと荒れそうだから一休みして今日これから山寺へ登ったほうが良いという。時計を見ると、芭蕉達が山寺に着いたころと同じ三時過ぎであった。

麓《ふもと》の坊に宿かり置《おき》て、山上の堂にのぼる。岩に巌《いはほ》を重《かさね》て山とし、松栢年旧《しょうはくとしふり》、土《ど》石老《せきおい》て苔滑《こけなめらか》に、岩上《がんしやう》の院々扉《とびら》を閉《とぢ》て、物の音きこえず。岸をめぐり、岩を這《はひ》て、仏閣《ぶつかく》を拝し、佳景寂寞《かけいじゃくまく》として心すみ行《ゆく》のみおぼゆ。
閑《しづか》さや岩にしみ入蝉《いるせみ》の声
『おくのほそ道』

廿七日　天気能。…宿預リ坊。其日、山上・山下巡礼終ル。是ヨリ山形へ三リ。
『曽良旅日記』

荷を置き旅館の傘を借りて出かけた。坂を上って行くと「奥の細道　立石寺」の大きな木柱と「名勝及史跡　山寺」の石柱が建ち、階段を上ると一二〇〇年の不滅《ふめつ》の法《ほう》灯《とう》をともす国宝根本中堂がどっしりと建っていた。

立石寺は貞観二年（八六〇）清和天皇の勅命を受け慈覚大師《じかくだいし》が建立した。鎌倉時代以後は戦乱の影響を受け衰えたが、正平《しょうへい》一一年（一三五六）山形初代城主斯波《しば》廉頼が、山形の鬼門《きもん》（北東）にあたる立石寺に根本中堂を再建し山形の守護神としたという。

開祖慈覚大師は栃木県下都賀郡の豪族壬生《みぶ》氏の出で、大同三年（八〇八）比叡山の最澄に学んだ。第二世天台座主を固辞、遣唐使派遣に同行し中国に渡り、承和《じょうわ》一四年（八四七）

帰国した。

九年余りの在唐記録『入唐求法巡礼行記《にっとうぐほう》』はマルコポーロの『東方見聞録』などと共に東洋三大旅行記とされている。

元駐日大使ライシャワー博士により研究され、平成六年（一九九四）四カ国語に翻訳され各国に出版されている。


根本中堂の左脇に「閑さや巌にしみ入蝉の声」句碑と、奥に清和天皇宝塔が建ち、その先の秘宝館の前に「閑さや…」の句碑を挟んで、芭蕉翁像と河合曽良の像が並んでいた。

常行念仏堂《じょうぎょうねんぶつどう》と鐘楼の先に「関北霊窟《かんぽくれいくつ》」の額を掲げた山門があった。入山料を払い大仏殿のある奥の院まで八〇〇余段の石段の始まりだ。

宝珠山立石寺は全山凝灰岩からなり、そのいたるところに頭が三角形の板碑型の磨崖碑が彫られ、五輪塔や石仏が祀られていた。

侵食されてできた沢山の穴に、古来地元の人たちは死者の歯骨などを納め供養したという。人々にとって立石寺は死後魂の帰る山であり、先祖に会える山、先祖を供養する山であった。

さて五分程登ると右手に姥堂《うばどう》、左手に慈覚大師が雨宿りをしたという笠岩があった。姥堂はここから下は地獄、上は極楽の浄土口で、傍を流れている岩清水で身を清め、新しい着物に着替えて極楽に登り、古い衣服は姥堂の本尊奪衣婆《だつえば》に奉納し、一つ一つの石段を登ることで欲望や穢《けが》れを消滅させ、明るく正しい人間になることを目指すという。

大きな口を開けた奪衣婆が赤や紺の衣類を沢山纏《まと》っていた。

参道は昔からの修行者の道で狭くて一四《チ》《セン》で、先祖も子孫も登るところから子孫道ともいわれたという。

百丈岩の前にせみ塚が建っていた。「閑かさや岩にしみ入る蝉の声」をしたためた短冊を埋め、石の塚を建てたという。右手に、見る人によっては阿弥陀如来に見えるという弥陀洞《みだほら》があり、岩盤には沢山の磨崖碑が刻まれ、足元には後生《ごしょう》車が沢山祀られていた。

前方に仁王門と百丈岩が見えてきた。左手に納経堂、開山堂、五大堂が見える。傘とカメラとポールで思うに任せず汗びっしょりとなり、近くの茶店で一休みし、しばし登ってやっと大仏殿と、法華経を日々写経する道場である奥の院に行き着いた。赤、青の華やかな風車がくるくる回り、涼しい風が台風の雨粒を吹き降ろしてくる。山はもやにかすみ、聞こえてくるのは川音のみであった。

　拝礼して階段を降りた右手に、室町時代末期永正一六年（一五一九）建立という、全国で一番小さいという二四八チ《セン》の三重小塔が岩の祠《ほこら》の中に納められていた。

五大堂と山寺眼下

　正面の岩場は釈迦ヶ峰といい、危険な岩場を通って釈迦のもとに至る行場という。よくもまあ建てたものだと思われる山腹に岩にへばりつくように建物が点在していた。

　左の百丈岩を登りきったところに、慈覚大師の木造が安置されている開山堂があり、左側の百丈岩の頂上に納経堂が建ち、その真下に慈覚大師の遺骸《いがい》が納められている入定窟《にゅうじょうくつ》があるという。

五大明王を祀って天下泰平を祈願する道場である五大堂は、百丈岩から宙に突き出していて足がすくんだ。

欄干からは幾重にも重なる山々と山峡を通る一筋の道、山寺街道が曲がりくねって見え、真正面には山寺駅、駅の左手には風雅の国、芭蕉記念館が認められた。カナカナが急に鳴きだし霧雨となり山々から霧が立ち上ってきた。

帰路、山門を出て芭蕉・曽良像の向かいの秘宝館に寄ってみた。慈覚大師の所持品である数珠、独鈷《とっこ》などや、「紺紙金泥一字焚香三礼法華経《こんしきんでいいちじふんこうさんらいほけきょう》」、また義経関係では最も大きい絵馬という「牛若丸鞍馬山修行（文化五年＝一八〇八）」など楽しめた。右手に出て、立石寺本坊を参詣し下山した。

さて宝珠橋で立合川を渡り、仙山線のガードを潜って坂を上がって行くと山寺芭蕉記念館があり、丁度真正面に山寺を一望できた。

芭蕉記念館の左手前に「山形　山の向こうのもう一つの日本」という旧駐日大使ラ

イシャワー博士の一文の記念碑が建っていた。緑一色の山々から沸き立つように蝉の声が聞こえ蝉の声に包まれた。

芭蕉記念館では芭蕉の生涯が常設展示され、シアターではビデオを楽しめた。寛ぎの複合施設として「山寺風雅の国」がある。

隣駅の高瀬は紅花生産地と聞いているので、生産の様子や紅花畑を見たいと思った。宿の主人が尋ねあたってくれたが、時季を過ぎてしまって今ではドライフラワー用にみな刈り取ってしまったという。

大石田

（バス停「尾花沢待合所」よりバス八分、バス停「大石田駅前」→徒歩一〇分、〇・七キロ。乗船寺《じょうせんじ》。山形県北村山郡大石田町大字大石田丙二〇六→徒歩五分、〇・三キロ。大橋→徒歩二分、〇・一キロ。高野一栄《いちえい》宅跡→徒歩七分、〇・五キロ。西光寺。山形県北村山郡大石田町大字大石田乙六九二の一→徒歩三〇分、二キロ。黒滝山向川寺《こくりゅうざんこうせんじ》。山形県北村山郡大石田町大字横山四三七五）

廿七日　天気能。…尾花沢ヲ立テ立石寺へ趣。…其日、山上・山下巡礼終ル。是ヨリ山形へ三リ。山形へ趣カンシテ止ム。是ヨリ仙台へ趣路有。関東道、九十里余。

廿八日　馬借テ天童ニ趣。六田ニテ、又内蔵ニ逢。立寄ば持賞ス。未ノ中尅、大石田一英（栄）宅ニ着。両日共ニ危シテ雨不レ降。上（本）飯田ヨリ壱リ半、川水出合、其夜、労ニ依テ無俳。休ス。

『曽良旅日記』

芭蕉と曽良は二七日に尾花沢を発ちその日のうちに山寺を見終え、山形までは三里程なので実方縁《さねかたゆかり》の歌枕、阿古耶《あこや》の松のある山形の千歳山《ちとせやま》にでも行こうと思ったのだろうか。

しかし尾花沢の清風の連衆で俳席にも出ていた大石田の一栄（高野平右衛門＝船持問屋、大石田村の組頭）や川水《せんすい》（高桑金蔵＝大石田村の大庄屋）から、立石寺へ行かれたのなら是非大石田へと誘われ、来た道を戻った。

最上川中流部の幕府諸藩の廻米が羽州街道を使わず最上川を積み下したのは、碁《ご》点《てん》・三ケ瀬《みかのせ》・隼《はやぶさ》の最上川最大の三難所の開発が最上義光《よしあき》のころからなされていたことによる。重荷の米に対し少量でも高価な紅花などは羽州街道を天童・六田・土生田《とちうだ》と運んで大石田河岸《かし》から川舟に積んだという。

最上川大石田河岸は最上川舟運最大の河岸（川港）で、元禄時代の最上川には大石田船二九〇余隻、酒田船二五〇余隻が就航していたという。寛政四年（一七九二）には幕府の川船役所が置かれ、船持・荷問屋《にどんや》・蔵宿《くらやど》などの商人が活躍、上方から入る文化にも触れ風雅の道にも通じていた。

芭蕉は天童までは馬に乗り羽州街道を戻ると、本飯田まで川水が迎えに来ていた。土生田の北に追分があり左手へ入ると大石田に着く。この道は大石田街道とも秋田の佐竹侯が参勤交代の時使ったので佐竹道ともいわれた。

最上川《もがみがは》のらんと、大石田《おほいしだ》と云《いふ》所に日和《ひより》を待《まつ》。爰《ここ》に古き誹諧の種こぼれて、忘れぬ花のむかしをしたひ、芦角一声《ろかくいっせい》の心をやはらげ、此道《このみち》にさぐりあし〻《し》て、新古ふた道にふみまよふといへども、みちしるべする人しなければと、わりなき一巻《ひとまき》残しぬ。このたびの風流、爰《ここ》に至れり。『おくのおそ道』

廿九日　夜ニ入小雨ス。発《四吟歌仙の発句》、一巡終テ、翁両人誘テ黒滝へ被参詣。予所労故、止。未尅被帰。道々俳有。夕飯、川水ニ持賞。夜ニ入、帰。

晦日　朝曇、辰刻晴。歌仙終。翁其辺へ被遊、帰、物ども被書。『曽良旅日記』

当時俳諧を嗜む人は、武士や上流商人たちが多く、そうした人たちが住んでいる日本橋の繁華街に宗匠たちは居を構えていた。芭蕉（桃青）も談林俳諧宗匠として日本橋小田原町に住んでいた。

しかし、点取り俳諧が流行する一方、談林俳諧もその奇抜な手法が独善的となり、行き詰って、宗匠たちは打開策を考えざるを得なくなった。

当時、林羅山が徳川家康の顧問となり、朱子学が幕府の官学となったことから、延宝四年（一六七六・芭蕉三三歳）ごろから漢詩文が流行し、俳諧にも漢詩文体を用いたり、漢詩の詩情や老子、荘子の孤高趣味を借用するようになっていった。

延宝八年（一六八〇・三七歳）、「桃青門弟独吟二十歌仙」などで、桃青一派の存在を世に示していたが、この冬の大火で使用人の寿貞と、伊賀の姉から引き取り面倒をみていた甥が行方不明となった。

この年、五代将軍となった徳川綱吉は、領民が面倒を起こした藩を厳しく処罰した。芭蕉は伊賀藤堂藩の仕置きを避けるためか、宗匠としての仕事も地位も捨て、辺鄙な深川に隠棲した。

隠棲した芭蕉は、生活や俳諧の不安から鹿島根本寺の住職仏頂に禅を学ぶことで、「荘子」を「自然の理に従う」という人生哲学書として読み始めると共に、仏頂の「一所不住の生活を通して修行し、修行成就のあかつきにはその教えを広めるためにまた行脚する」という精神に深く感動していった。

こうして自分の俳諧の芸術性を高めるためには、財や権力、名誉につながる俗世間や体制から脱して、俳諧のために自分の生活を整え、献身するという風狂の精神こそ大切であると思うようになり、この精神を広く弘めると共に、俗流俳諧を和歌、連歌に匹敵する庶民芸術にまで高めたいと思うようになった。

こうして芭蕉は貞享元年（一六八四・四一歳）の「野ざらし紀行」の旅に始まり、貞享四年（一六八七・四四歳）八月の「鹿島紀行」の旅、同一〇月から貞享五年（一六八八）四月までの「笈の小文」の旅に出たが、名声が上がると共に門人知人に持て囃されたり、観光旅行化していった。

深川隠棲後は反俗反体制を土台に、俳諧に献身するという風狂作家に徹したはずが、それ故にかえって人気者となり、俗世間に引き戻されているのでは…との反省から、貞享五年八月、知人も少なく、険しい道を歩く「更科紀行」の旅に出た。

江戸に戻り一層自己矛盾に悩むようになった芭蕉は、交通の便も宿泊施設も悪い陸奥に、旅の厳しさ寂しさに徹しながら、西行の跡などを辿ることで俳諧の新境地を見出せるのでは…と元禄二年（一六八九・四六歳）三月（新暦五月）「おくのほそ道」の旅に出たのである。


貞門・談林調から漢詩文調へ、そして江戸を往来し蕉風を知っていた清風の連衆でもあったこの地方の人々にとっては、蕉風とそれ以前の俳諧との新旧の違いが分からなかったので、芭蕉に指導を乞うたのである。

こうして人々の熱意に打たれ、止むにやまれず俳諧の連句を一巻残したという。本来この「おくのほそ道」の旅は、蕉風の行き着くべき詩境をたずねての旅であったのに、この大石田では自分が中心になって歌仙一巻を残すことになり、はからずも蕉風の種をまくことになってしまったというのであり、芭蕉にとっては嬉しいことでもあった。

さて大石田駅からすぐ左折し新装の舗装路を行った。左に大石田第一中学校（平成二二年合併。今は大石田中学校のグランド）を見ながら突き当たりを左折すると左が乗船寺の墓地で、桜木一本立つところを左へ入ると乗船寺であった。

本堂左手から裏へまわり石段を上がり左折すると、川水（高桑加助）夫妻の戒名「道誉輝詮大徳《川水法名》」が記された細長い墓があった。川水は高桑家四代の庄屋であった。

この乗船寺には入り口右手に木造釈迦如来涅槃像を安置した釈迦堂があり、本堂手前右手には終戦直後から二年間大石田に起居していた斉藤茂吉の墓がある。また川水夫妻の墓へ行く手前の小庭園に、茂吉歌碑「最上川逆白波のたつまでにふゞくゆふべとなりにけるかも」と正岡子規の句碑「ずん〳〵と夏を流すや最上川」が建っていた。

乗船寺から右へ向かい信号を渡った最上川大橋手前に、「船着場〇・三キロ、松尾芭蕉史跡〇・一キロ、白壁塀蔵《へいぐら》展望台〇・二キロ」の標柱が建っていた。大橋上流の土手には舟運華やかなりしころの面影を映すという長い白壁の塀蔵が築かれ、寛政四年から置かれたという川舟管理の幕府の船役所跡が再現されていた。再三の最上川の洪水で築堤せざるをえなくなり、切り離されてしまった町並みと最上川のつながりを再生するという意図によるらしい。

さて、最上川を左に見て築堤を行くと大橋から四軒目位のところに「奥の細道　高野一栄亭跡」の太い白柱が建ち、説明板に川水が芭蕉達を船宿一栄亭に案内したなどとある。

築堤から石段を下りると「芭蕉翁真蹟歌仙…さみだれを…」の碑と説明板が建っていた。芭蕉のいう「わりなき一巻」は「俳諧書留」に載せられているが、芭蕉真蹟歌仙の初折の表六句と名残の裏六句と奥書が刻まれていた。

大石田、高野平右衛門亭にて

五月雨を集て涼し最上川　翁
岸にほたる（を）つなぐ舟杭　一栄
瓜畠いざよふ空に影待て　ソラ
里をむかひに桑の細道　川水
うしの子に心慰む夕間暮　一栄
水雲重しふところの吟　翁

雪みぞれ師走の市の名残とて　ソラ
煤掃の日を草庵の客　翁
無人をふるき懐紙にかぞへられ　一栄
やまめがらすもまよふ入逢　川水
平包明日も越べき峰の花　翁

山田の種を祝ふ村雨　ソラ「俳諧書留」

歌仙の芭蕉真蹟も伝存するという。展望台から眺めると、白壁塀蔵の下をゆうゆうと流れる最上川に架かる大橋を望めた。

さて大石田町歴史民族資料館はあいにく休館日であった。茂吉が聴禽書屋《ちょうきんしょおく》と名づけて暮らしていた建物は資料館の一部となり、庭の方から眺めることができた。

資料館から左へ左へと行くと幼稚園の庭に出た。西光寺の境内裏で観音堂の右奥の覆堂の中に芭蕉の「さみ堂礼遠あつめてすすし最上川」を中心に三つの句碑が建ち、その背後にはガラスの鞘堂の中に高さ一米《メートル》ほどで分厚い「さみ堂礼遠…」の旧碑が建っていた。一栄の墓や句碑について寺に尋ねたが、墓はあるともないともいわれているという。

翌朝、二九日の四吟歌仙の発句一巡後、芭蕉が一栄・川水を誘って参詣した曹洞宗の古刹黒滝山向川寺へ行ってみた。県道三〇号線から最上川に架かる黒滝橋を渡った。

「向川寺〇・二㌔」の標柱があり、朝の勤行か木魚の音が聞こえてきた。向川寺の細い参道を入ってすぐ左手に樹齢六〇〇年、北村山管内一の巨木という大銀杏が累々たる根を不気味なまでに参道に剥《む》き出していた。

向川寺は永平寺・総持寺を大本山とする曹洞宗の寺で、六〇〇年前の永和三年（一三七七）峨山《がさん》禅師五哲の一人大徹宗令《だいてつそうりょう》禅師が開山、多くの門弟と全国に一〇箇所の道場を開いたがこの黒滝がその第一にあげられるという。山形県、宮城県、秋田県に二八の末寺を持ち孫寺数百を有する中本山で、東北地方最大の宗派曹洞宗は黒滝を拠点に勢力を拡大した。

大徹禅師お手植えの大銀杏の根を踏みながら大杉の間の石段を上り山門を潜ると、右手にハクウンボクが白いあまたの花を散り敷いていた。さらに数段の石段を上ると民家風の一棟があり、ここが本堂らしい。かつてこのあたりは僧堂だったようで背後の山地一帯に堂塔伽藍が立ち並んでいたというが、今では森閑として往事の繁栄を偲ぶばかりであった。

江戸時代の武家社会の崩壊や鉄道の開通は最上川船守護の寺も修行の場も必要なく

なって、檀家の人々の支持があるわけでもなく衰退していったのだろう。本堂脇のこれまた大徹禅師の手植えという大桂の巨樹に世の移り変わりを思い知らされるばかりであった。

猿羽根峠《さばねとうげ》

（向川寺よりタクシー二〇分、一四・五キロ。猿羽根峠《さばねとうげ》。山形県最上郡舟形《ふながた》町舟形二九七九→タクシー一三分、九キロ。鳥越《とりごえ》八幡宮。山形県新庄市大字鳥越一二二四番地→徒歩一五分、〇・八キロ。鳥越一里塚。山形県新庄市大字鳥越字橋向《はしむかい》四九四番地の一と四九四番地の二の一部→徒歩二分、〇・一キロ。柳の清水跡。山形県新庄市金沢字元屋敷二八二〇番地の二〇）

最上川《もがみがは》のらんと、大石田《おほいしだ》と云《いふ》所に日和《ひより》を待《まつ》。　『おくのほそ道』

六月朔　大石田を立。辰刻、一栄・川水、弥陀堂迄送ル。馬弐疋、舟形迄送ル。二リ。一リ半、舟形。大石田ヨリ出手形ヲ取、ナキ沢ニ納通ル。新庄ヨリ出ル時ハ新庄ニテ取リテ、舟形ニテ納通。両所共ニ入ニハ不レ構。二リ八丁新庄、風流ニ宿ス。

『曽良旅日記』

大石田は名高い河岸なので芭蕉達はここから最上川下りをしようと思ったのだろうが、尾花沢で会った新庄の渋谷甚兵へや息子風流などから新庄にも是非にと招かれたのだろう。

川水や一栄は、芭蕉達が名木沢の番所で出す出手形を用意し、阿弥陀堂まで送ってくれ、二人に舟形までの馬まで用意してくれた。

さて黒滝から鷹巣を経、種林寺の前を通って芦沢に出た。「新庄一五キロ」標示があった。

一三号線に出、名木沢橋を渡って毒沢口から右へ入ると北上の道が旧道で、ここから猿羽根峠の地蔵堂へ行けるが、道の状況は不明とは舟形町役場の話。

また阿弥陀堂というのは今はこの辺りでは聞いたことがないとは尾花沢市商工観光課の話だ。

毒沢口で右折し砂利道に入ったが、「道路欠所により通行止」の標示のため、猿羽根トンネルを抜け、少し戻って猿羽根峠に登り地蔵堂へ行くこととした。

昔は地蔵堂でにぎわったとは運転手さんの話だが、鳥居を上がって左手に「史跡　羽州街道猿羽根峠」説明板があった。

羽州街道は福島県桑折で奥州街道と分れ奥羽山脈を越え山形県に至り、山形・天童・新庄などの宿駅を通り、秋田県を経て青森県油川で再び奥州街道に合流した。

羽州街道は津軽、秋田、山形の諸大名の参勤交代の道で、猿羽根峠は最上地方と村山地方を分つ峠だが羽州街道の中でも名だたる難所で、山頂の猿羽根山地蔵は道中安全の峠の地蔵として、数百年にわたり広く民衆に信仰されてきた。

明治一〇年（一八七七）県令三島通庸《みしまみちつね》が猿羽根新道延長三・五キロを開削《かいさく》し難所の峠は解消されたが、曲がりくねった新道は時代の流れに応じることができず、昭和三七年（一九六二）猿羽根峠の隧道《すいどう》が開通し廃道となったとあった。

その右手の「史跡　羽州街道」という木柱の右脇には「奥の細道　猿羽根峠」と記されていた。さらに上って行くと右手に一里塚があり、小高く塚が作られていた。

奥州街道に対し羽州街道は脇街道と呼ばれ、宿駅制度を備えた街道として整備されたのは、慶長九年（一六〇四）幕府が街道に一里塚を築くよう命じてからで、街道の開削整備は羽州大名の筆頭である秋田藩主佐竹氏により積極的になされたとあった。

さらに地蔵堂上り口をやり過ごした右手に、先と同じ「史跡　羽州街道」の木柱が建ち、その先に頭部「従是北」が欠け「新庄領」だけとなった戸沢藩境石標が建っていた。

この石標の右下から上ってくる草ぼうぼうの幅一・五メートル程の道が山刀伐峠方面から登ってくる道で、最初の「史跡　羽州街道」の木柱の前を通って左下へ下り、新庄方面へ向かったのだろう。

石標の右手に立つと眼下にわずかに最上川と山々を見晴らせたが、山には霞がかかっていた。

さて「授子宝　猿羽根山地蔵菩薩」石柱が建つ幅一メートル程の擦り減った石段を上ると、頂上には大杉のもと馬頭観音や庚申碑が建っていた。ホトトギスが鳴く中で別当曹洞宗定泉寺猿羽根山地蔵堂にお参りをした。

見晴らしが良いというので歴史民族資料館の角の十字路を曲がった農業体験実習館の庭にまで行ってみた。眼下に蛇行する最上川が見えた。

快晴の日なら右手に月山・鳥海山が見えるのだろうが、今日は前方に幾重にも重なる山々が霞んで見えるだけであった。

再びタクシーで南新庄駅の脇を通り鳥越南より右の旧道へ入った。鳥越中学校から真っ直ぐ坂を上ると、新庄藩藩祖戸沢政盛の養子定盛が寛永一五年（一六三八）この八幡神社に神威を感じ、城の南東にあたる現在地に遷し城下の鎮めとしたという鳥越八幡に着いた。

大杉の木立が鬱蒼《うっそう》としている神社の石段で昼食となった。

鳥越八幡宮から鳥越一里塚まで羽州街道を歩いた。新田川を渡り四七号線を渡った。陸橋の上から四七号線沿いに見える高い木が鳥越一里塚の木だろうと行ってみると、一里塚の大きな橅《ぶな》の木の下に「羽州街道跡　新庄城下南入り口」の大きな標柱と「史跡一里塚」の石碑が建っていた。南側の塚は既に失われていると説明板にあった。

橅の木は見事な木肌を見せ、羽州街道を前に相も変わらず旅人を励ますように立っていた。

一里塚から五分程歩いた道沿いの「鳥越清水」という木柱から右へ入って行くと「氷室《ひむろ》の句碑と柳の清水」の木柱が建っていた。砂利道を入ると左手に「芭蕉翁ゆかりの氷室の清水跡」の説明板があった。

芭蕉は舟形からは徒歩で羽州街道を北進し一里塚を過ぎて行くうちに、地蔵堂の近くの柳の大木が影を作りこんこんと清水が湧き出ている地元の人がいうところの「柳の清水」でのどを潤《うるお》したとあり、「水のおく氷室尋ぬる柳かな」は新庄の風流亭での芭蕉の挨拶の句となったなどとあった。

その先に「市指定史跡、柳の清水及び句碑」木柱が建ち、柳を背にして芭蕉の先の句碑と左手下に小さな池と水神の碑が建っていた。湧き水で澄んでおり触れてみると冷たかった。

入ってくるときには気付かなかったのだが、なるほど、道を挟んだ向かい側は延命地蔵堂で左手には庚申碑がいくつか並び、柳が長い枝を初夏の風に揺らせていた。

さてここから渋谷風流亭を探しまわったが行き着けず、新庄駅まで歩くこととした。

新庄のタクシー会社を調べてなかったのである。
大石田も新庄も福島並に暑かった。歩いていると女の人が車を止め、新庄駅までまだ結構あるので乗せていくという。お言葉に甘えることにした。

風流宅跡・盛信宅跡

（新庄駅より徒歩五分、〇・一七キロ。盛信宅跡。山形県新庄市本町二番一六号。風流宅跡。新庄市本町三番三九号）

六月朔　大石田を立。…舟形。…二リ八丁新庄、風流ニ宿ス。
二日　昼過ヨリ九郎兵衛へ被招。彼是、歌仙一巻有。盛信。息、塘夕、渋谷仁兵衛、柳風共。孤松、加藤四良兵衛。如流、今藤彦兵衛。木端、小村善衛門。風流、渋谷甚兵へ。
三日　天気吉。新庄ヲ立、一リ半、元合海。…

『曽良旅日記』

新庄は最上氏に代わって寛永二年（一六二五）以来戸沢氏六万八〇〇〇石の城下町で、羽州街道を城下町の中央に取りこみ宿駅が整ったのは、参勤交代が制度的に定まった寛永一〇年（一六三三）ごろといわれている。

ところで、芭蕉は新庄の富商である風流（渋谷甚兵衛）宅に二泊した。風流の本家渋谷九郎兵衛盛信宅で、当地の俳人達が集まり歌仙一巻を巻いたが、大石田との重複を避けたのか「おくのほそ道」では何も触れなかった。

さて新庄駅から信号を右折し、一つ目の信号を左折して行くと県道三四号線につながっていく道路にぶつかる。この道が羽州街道なのだろう。右折すると北本町だが、山形銀行新庄支店の駐車場の端、道路に面した生垣のはざまに「芭蕉遺跡盛信亭跡」という石柱が建っていた。

風流亭跡

渋谷家は新庄一の名家で、本家

の盛信は大きな店舗を持つ呉服商として知られていた。
芭蕉は盛信亭に招待され歌仙を巻いたのである。

盛信亭

風の香も南に近し最上川　翁
小家の軒を洗ふ夕立　柳風
物もなく麓は霧に埋て　木端

「俳諧書留」

また盛信亭跡の道路斜め向かいの森金物店前に芭蕉が二泊したという「芭蕉遺跡風流亭跡」の石柱が建っていた。この辺りが新庄商家の通りなのだろう。近くに「南本町」標柱が建っており、もと五日町といわれ羽州街道に沿って造られた町人町で、城下でもっともにぎわい、参勤交代で江戸へ上る大名が泊る本陣や、反物、仏像、筆墨などを商う豪商が軒を連ねていたと説明されていた。

元の道に戻り羽州街道を横切って真っ直ぐ行くと市民プラザで、中に芭蕉句碑「風の香も…」と説明板が建っていた。

プラザの左脇の道を行くと鍵形の道が顕著であった。町人町と侍町の間にある仲町を過ぎ大手幼稚園の前を行くと右手に新庄ふるさと歴史センターがあり、正面が新庄城であった。

新庄城は寛永二年、戸沢政盛が築いた城で堂々たる近世城郭であったが、明治維新の際官軍に投じたため庄内藩に襲撃占領され廃墟となったという。

今は本丸城門跡と堀の一部を残すのみという。中に入ってみると正面が戸沢神社で左手に入ると表御門（本丸城門）跡があり、門の土台となった石垣のみが往時を忍ばせた。

護国神社の先に秋田の角館時代から崇敬しているという戸沢家の氏神である天満神社本殿・拝殿が茅葺の重厚な造りを見せていた。

本合海《もとあいかい》

（新庄駅より山交バスで本合海《もとあいかい》局前下車。徒歩五分、〇・三キロ。史蹟芭蕉乗船の地。山形県新庄市大字本合海）

三日　天気吉。新庄ヲ立、一リ半、元合海。次良兵へ方へ甚兵へ方ヨリ状添ル。大石田平右衛門方ヨリも状遣ス。船、才覚シテノスル（合海ヨリ禅僧二人同船、清川ニテ別ル。毒海チナミ有）。一リ半古口へ舟ツクル。『曽良旅日記』

本合海集落は新田川が最上川にそそぐ地点に位置し、古くは合海といわれ内陸地方と庄内地方を結ぶ交通の要衝《ようしょう》であった。東に小国川沿いに進めば陸奥の国に至り、義経が奥州平泉に下った道筋という。

さて、新庄領内の最上川の主な河岸である清水（大蔵村）・本合海（新庄市）・古口（戸沢村）の三河岸は、川舟を所有して荷をはこぶ船主や運送業の荷問屋、これらの荷を一時自分の蔵に集積しておく蔵宿、旅人を泊める旅籠屋《はたごや》などでにぎわったという。

このうち清水河岸は文明八年（一四七六）山形最上氏の庶族である成沢満久《なりさわみつひさ》が入部し、以後清水氏を名乗って慶長一九年（一六一四）までこの地を領した。清水河岸は最上川船の舟継権《ふなつぎけん》を持ち大いににぎわったが、清水氏が宗家最上氏に滅ぼされてからは、舟継権は大石田河岸に移された。

しかし最上家も改易《かいえき》し、元和八年（一六二二）以後の戸沢氏藩政のもと、かつての由緒から清水河岸は領内の最上川河岸の本河岸と位置づけられ、本合海・古口などは枝河岸とされた。

したがって幕府巡見使が庄内に下ったり、鶴岡酒井氏や本荘岩城氏が参勤交代で江戸に登る時は、城下町新庄に近い本合海河岸ではなく清水河岸から乗船していたという。清水河岸の下流にあった本合海河岸は、城下町新庄に近く交通の便にも恵まれていたので新庄の外港として栄え、城下町で消費される古着・木綿・塩・工芸品・魚などが陸上げされ新庄に運ばれた。

新庄を経、庄内地方へ下る一般の旅人も本合海から船に乗ったわけで、芭蕉もこの本合海河岸から最上川を下ったのである。

芭蕉たちは風流や大石田の平右衛門の紹介状で本合海の船宿次良兵衛に船を用意してもらった。禅僧が二人同船したとあり、他に同船者がいたようすもないので導者船ではなく荷運船であったろうといわれている。

さてバス停本合海局前で下車したが、芭蕉乗船地がどちらの方角なのか見当がつかないので、郵便局で聞くとすぐそこという。

バスの進行方向へ歩いて行くと左手に寺があり、道はY字路となって左は曲がりくねった下り坂であった。右手はまもなく行き止まりで芭蕉像らしきものが建っている。

近づいてよく見ると行き止まりには昔の古い本合海橋の左右の橋柱が建ち、右手の大きな木の下には新庄藩御用窯・新庄東山焼きという陶器で作られた等身大の芭蕉像と曽良像が建っていた。

左手には「史跡俳聖松尾芭蕉翁乗船之地」の石柱や「五月雨をあつめて早し最上川」句碑が建ち、由緒碑には「芭蕉が訪れた当時の本合海は天然の良津で米俵を積んだ大船が艫《ろ》を連ねて一〇〇雙以上も碇泊し戸沢藩六万八〇〇〇石の町方商家の要津として賑っていた」などと記されていた。

また説明板には、芭蕉たちは八向楯《やむきたて》の絶景と青葉の美しい雄大な最上峡の景観を楽しみつつ川を下り旅を続けたとあった。

なるほど、右手斜め向かいには、二〇五米《メートル》余の矢向山があり、矢向楯が屹立《きつりつ》した白い絶壁を青葉の間に見せていた。

行き止まりのところから下を覗き込むと、遥か下方に最上川が流れ、その川沿いに舟渡跡の石畳が見えた。

そこで右脇の坂を下り舟渡跡へ行ってみると巌が川沿いのあちこちに聳え、川は南から来て地形によって南から西へ、東の矢向楯にぶつかりまた西へと、蛇行せざるをえない地形であるのがよく判った。

この舟渡跡から見上げると先の芭蕉像などが建つ場所も高い巌の上であった。

土手の中腹に石碑が一つ川に向かい建っていた。本合海は水陸の要衝で川船の港である他に、対岸に渡す渡し場もあり本合海の渡しといったとあった。

江戸時代前期の新庄領内絵図には新庄から畑や田を経て、古口に至る道路が描かれ一里塚の印が点々と記されているという。

土手伝いに歩いて行くと現在の本合海大橋の下から矢向楯が真向かいに見えた。ここで浅瀬になるのか水は滔々《とうとう》と流れ、その先で新田川が流れ込むが矢向楯に遮られ最上川は迂回して蛇行の極みを見せていた。

不思議なほどに空気が澄み最上川が透けるように青く美しく見えるのは、矢向楯を始め多くの巌を縫って流れるという最上峡にゆえんするのだろう。

本合海の町はかつては船主や荷問屋、蔵宿、旅籠屋などで賑ったのだろうが家並みは雑然とした感じで、今は人通りもなかった。

第二部　山形県最上郡・東田川郡・鶴岡市・酒田市・飽海郡

最上川のらんと、…

古口郷《ふるくちごう》代官所跡・古口船番所跡

（陸羽西線古口《ふるくち》駅より徒歩一五分、一キロ。山形県最上郡戸沢村大字古口）

さて最上川はいくつもの藩を縫って流れているので、街道と同じく藩を通過するたびに出手形が必要であった。

本合海から乗船した芭蕉たちは古口から先は鶴岡藩なので、古口の船宿平七のところに風流が書いてくれた紹介状を持参した。

この平七の息子の四郎が、新庄でとった芭蕉たちの出手形を新庄藩の船番所に持っていって手続きをし、平七の舟に乗り換えた。

古口の口留番所は、川舟改め所をかねており、伝《でん》馬《ま》船《せん》を乗り出し川中で改める場合や、舟を河岸に呼び寄せて番所手代が改める場合があった。

芭蕉たちの場合は「古口へ舟ツクル」であるから舟を岸に着けて乗り換えるとき調べられたのであろう。

さて、古口駅を出て突き当たりを左折し古口郵便局の前を三〇〇《メートル》程行くと、右手に「奥の細道　船番所跡」という立派な木柱が建っていた。

この敷地の中の説明板によると、江戸時代戸沢藩は領内を一二の郷に分け、それぞれに代官を置いて領民の支配にあたらせた。

ここはその一つ古口郷の代官所跡であった。また戸沢藩にとり重要な交通路であり経済の大動脈である最上川の西端にあたっていたため、船番所を設けて川を通る船を

古口郷代官所跡・古口船番所跡

改めた所で、夜は対岸まで大綱を張り通行を止めていたとあった。

辺りを見回すと公孫樹、泰山木《たいざんぼく》、太い栢《かや》の木、杉などが六、七本立ち、奥には大きな「明治天皇行在所跡」碑が建っていた。

背後の土手に上ってみると、最上川が夕日を浴びて初夏の緑の中を音も無く悠然と流れ下っており、まさに人生もかくありたきと思わせた。

帰路よく見てみると、国道四七号線の左手の家並みは一戸並びで、その後ろは高い土手で背後は最上川であり、家々は寒い冬に備えてか入り口がみな二重造りであった。

最上川

（陸羽西線古口《ふるくち》駅より徒歩一〇分、〇・七キロ。船下り乗船所・戸沢藩船番所。山形県最上郡戸沢村大字古口八六の一→船下り一時間→船下り降船所・最上川リバーポート。山形県最上郡戸沢村大字古口一五二三の四。最上川交通草薙《くさなぎ》温泉バス停→高屋《たかや》駅下車→徒歩一〇分、〇・七キロ。高屋乗船所。渡し舟三分→千人堂）

最上川は、みちのくより出《いで》て、山形を水上《みなかみ》とす。ごてん・はやぶさなど云《いふ》おそろしき難所有《なんじょあり》。板敷山《いたじきやま》の北を流《ながれ》て、果は酒田《さかた》の海に入《いる》。左右山覆《おほ》ひ、茂みの中に船を下《くだ》す。是《これ》に稲つみたるをや、いな船といふならし。白糸の滝は青葉の隙《ひま》〳〵に落《おち》て、仙人堂、岸に臨《のぞみ》て立《たつ》。水みなぎつて舟あやう《(ふ)》し。

五月雨《さみだれ》をあつめて早し最上川

『おくのほそ道』

最上川は福島県と山形県の境にある吾妻山の北麓に源を発し、大小一四〇余の支流を飲み込み山形県内だけを流れる全長二二九キロの川で、富士川（中部地方の南東部を貫流）・球磨川（熊本県南部を流れる）と共に日本三大急流の一つといわれている。

碁点、隼、三ヶ瀬は最上川最大の三難所で、『奥細道菅菰抄《おくのほそみちすがごもしょう》』に「ごてんは、碁点と書く。川中あなたこなたに、大岩六つ七つ散在して、碁を打ちらしたるが如し。ゆえに碁点と云。はやぶさは、隼と書ク。鳥の名也。此処は水底に磐石ひし〳〵と有て、晴天にも逆波たち、水勢至てはやく、隼の落すが如し。故に此名あり。」とある。

いずれも戦国末期に最上義光が開削して山形まで舟運を通し、元禄ごろには米沢領まで船で往来することができるようになっていた。

碁点は楯岡（山形県村山市）の西一里、そこから三ヶ瀬を経て、碁点から一里半下流に隼の瀬があり、いずれも芭蕉が乗船した本合海よりずっと上流にあったから芭蕉は体験していないのだが、人から聞いていてこの最上川の章を盛り上げているのである。

板敷山は最上川の南側に見える六三〇《メートル》の山で、出水や強風で船が出せない時はこの板敷越をしなければならなかった。

古口から三ツ沢へ出、板敷山を越えて立川町の松の木へ出る峠道だが、「やかん転ばし」「大徳寺泣かせ」などの難所があり、古口から清川へ往来する日数は雪が積もると四、五日から六、七日もかかったという。

「最上川」も「板敷山」も歌枕である。

もがみ川のぼればくだる稲船のいなにはあらずこの月ばかり

（『古今和歌集』大歌所）

みちのくに近き出羽の板敷の山に年ふる我ぞ久しき　（『夫木抄』読人知らず）

さて現在では最上川の船下りは、古口の乗船所から草薙温泉の降船所までしかないというので乗船時刻にあわせて陸羽西線で古口駅に着いた。

古口駅を出て右折し横断歩道を渡らず歩道をそのまま行くと左手が川で、昔の船番所跡というのではないようだが、戸沢藩船番所を模した乗船場が見えてきた。乗船時刻ぎりぎりに最後に船尾に乗り込んだ。

舟が走り出すと、なんと船尾と思っていたところが船首であった。船頭は「今年一番の日和」という。風が吹くと高い山風で寒いのだが今日は東風で風があたらずあたたかいのだという。

川の水はだいぶ濁っていたが、今は雨と田の水の上げ下げで濁っているが田に水の出し入れをしない時はきれいだという。

戸沢様の古口の村は二〇〇戸くらいで、ここから出羽三山へ入る古い入り口があったので「古口」といったと説明する。

ここから八キロ上流に本合海、清川までは二四キロで我々の乗っている「第十六芭蕉丸」の乗船距離は一二キロだという。

川沿いに咲くうつぎの花は方言でガザといい、この花が咲くと山菜シーズンに入り、その収穫量は相当のものらしい。川の幸は春は桜鱒、夏は鮎、秋は鮭が獲れるという。

そうこうしているうちに、いよいよ最上峡に入った。鶯や鳶が鳴きながら飛び、山々には枝が折れてもそこから芽が出るというこの最上川周辺に生育する山ノ内杉とも、神代杉ともいわれる杉と落葉樹の翠《みどり》の濃淡が美しかった。

前方で川は二股《ふたまた》に分れていく。右手は深く流れが速いという。下り舟はとっさの舵《かじ》が効かないので深い方が座礁の乗り上げがないという。

水音が高くなり船底がゴツゴツと音を立ててきた。下り舟の難所、抱き石の瀬である。古口から五キロ程来た右岸の沓喰《くつばみ》という所に上陸し小休憩した。沓喰とは源義経の馬が疲れて泡を吹いたので「くつわ」をはずして洗った所で、「くつわはめ」が「くつはみ」となったという。

その先の右手には、最上川舟運が盛だったころ、船が転覆した時の「助け屋敷」としてなくてはならぬ存在だったという外川《とがわ》部落があったが、今では対岸に移住して渡し舟で耕作地に通勤しているという。

次いで馬爪の滝など最上《もがみ》四八滝という沢山の滝が現れたが、晴天のせいか滝跡のみでほとんど水は流れていなかった。

さて右手、古口の下流約八キロの小外川《ことがわ》に舟運の守り神ともいわれる仙人堂の石段と鳥居が見えてきた。この仙人堂の丁度川向の山が板敷山で、高屋駅の南西に聳えている。

川風が強くなる中、「ヨーイサノマカショ　エーンヤコラマーカセー　エーエンヤエーエンヤ　エーエ　エーエンヤエード　ヨーイサノマッカショ　エーンヤコラマーカセー　酒田さ行ぐさけ　達者でろチャ　ヨイトコラサノエー　流行風邪など引がねいよに…」と最上川舟歌が流れ、濃淡の緑に覆われた左右の山々の間を最上川は流れていく。

この舟歌は昔は西風を待ち帆を張って上ったので日数がかかり、一回下るといつ上れるかわからずその状態を唄ったという。

さて後半は風が強くなり波音も高くなってきた。右岸に四八滝中随一の白糸の滝が見えてきた。一二〇メートルの高さから緑の中を細く真綿のように流れ落ちていた。

最上川滝の白糸くる人のこゝによらぬはあらじとぞ思ふ　（『夫木抄』源重之）

などで知られる歌枕で、下方に赤い小さな鳥居が見える。

ウミネコが川面すれすれに鳴きながら飛んでいた。白糸の滝の対岸が草薙温泉で、最上川リバーポートという船下り降船所であった。

バス停草薙温泉からバスで高屋駅まで行き、渡し舟で対岸の仙人堂に渡ってみることにした。高屋駅はその名のとおり高いところにあり、真下に最上川と国道四七号線、斜め川向に仙人堂の石段が見えた。

国道四七号線を渡り仙人堂の渡し場への砂利道を下った。渡し舟を利用する人は仙人堂に向かって白い旗を振るようにという看板が建っており、しばらくすると最上川下りの船なのだろうか、対岸に我々を降ろすと川を下っていった。

最上川と四号線。左、川向に仙人堂。

舟を降りて石段を上っていくと石の鳥居が建ち、さらに左手の階段を上ると古いが大きな社の仙人堂があった。仙人堂の中には「祭礼　外川仙人神社」の提灯が下がり、大きな天狗面や川舟の絵馬、義経の書簡といわれるものなどが飾られていた。

仙人堂は古くから農業の神、航海安全の神として厚く信仰されており、源義経の奥州下りの際、従者の常陸《ひたち》坊《ぼう》海《かい》尊《そん》が此の地で義経と別れ、この山に籠って義経主従の旅の安全を祈ったという。

享保年間（一七一六〜三六）ごろから虫除け、病気平癒にご利益があるとして信仰が集まり、また出羽三山信仰が広まると、最上川を上り下りする三山行者が仙人堂に立ち寄り参詣したといい、神社内の天狗の面などはそれに由来するのだろう。

階段を戻ると、広場と茶店があり湧き水を使ったコーヒーなどを販売していた。帰りの船が来るまで川沿いに座って、湧き水コーヒーを飲みながら最上川を眺めているとなんとものどかで不思議に至福の感があった。

清川関所跡

（陸羽西線清川駅より徒歩一五分、一キロ。山形県東田川郡庄内町清川字花崎一番地＝旧清川小学校裏）

三日　天気吉。新庄ヲ立、一里半、元合海。…一里半古口へ舟ツクル。…舟ツギテ、三リ半、清川ニ至ル。酒井左衛門殿領也。此間ニ仙人堂・白糸ノタキ、右ノ方ニ有。平七ヨリ状添方ノ名忘タリ。状不添シテ番所有テ、船ヨリアゲズ。一リ半、雁川、…

『曽良旅日記』

鶴岡領に入って最初の船着が清川で、羽黒山に行く人はここで舟を下りるが、船番所があって貨物と旅人が改められた。

芭蕉たちは古口で手に入れた出手形に清川番所という宛先が落ちていたためにごたごたし、ようやく舟を降りた。

さて清川の関所跡は清川小学校の裏手にあるという。可愛い清川駅を出て道路を右折し、真っ直ぐ行き清川郵便局を過ぎると、左手に清川八郎生家跡が今は駐車場となっていた。その先突きあたりが清川小学校の正門であった。

左折して行くと小学校の駐車場に「奥の細道　芭蕉上陸の地（清川関所跡）」という標示板が建ち、裏側の「松尾芭蕉と清川」という説明文には「芭蕉は六月三日本合海よりこの地に上陸し狩川を通り羽黒に向かった…また清川は往時、最上川の水駅《みずうまや》としてこの地に清川関所がありました。」などとあった。

標示板の右脇の大きな石碑には「清川史跡　清川関所跡　芭蕉庄内上陸地」という小さな銅版と、その左上には「五月雨をあつめて早し最上川　　楸邨書」が埋め込まれていた。

その右手に大きな芭蕉像が立派な台石の上に建っていた。

小学校の正門前を真っ直ぐ道なりに行くと右手に清川八郎記念館、左手の大きな石

清川関所跡と芭蕉上陸地

の鳥居の右脇に尊皇攘夷《そんのうじょうい》の活動家清川八郎坐像、奥に清川神社があった。

清川神社の背後の老杉の林は、かつて庄内藩主の宿泊所があり、土地の人は御殿林《ごてんばやし》と呼んだが、戊辰《ぼしん》の役（慶応四年（一八六八）から明治二年（一八六九）の倒幕派と旧幕府軍の戦争）の古戦場でもあった。

御殿林の散策道から石段を上ると国道四七号線に出、目の前の最上川に右手から立谷沢《たちやざわ》川が流れ込んでおり、最上川は日本海まで二七・八キロという標示が建っていた。

清川の地名は月山を源流とする立谷沢川の清流を清川と名づけ、当地で最上川と合流することに由来するらしい。

清川は最上川舟運の船着場として発達した宿場で、上流の大石田と河口の酒田との中間に位置したので役所船も置かれていた。当初は酒田船ばかりであったが大石田船も加わり、配船や種々のトラブルの調停に役所船が苦労したという。

町中を歩いていると、冬の雪を考えてか側溝は一・五メートル程の深さがあった。実にこざっぱりとした身ぎれいな町で、言葉遣いもやさしく丁寧であった。鶴岡藩が豊かで風俗も良かったことに由来しているのであろうか。

第三部　山形県鶴岡市

春を忘れぬ遅ざくらの…

手向《とうげ》

(鶴岡駅より庄内交通羽黒《はぐろ》山頂行きバス三三分で大鳥居バス停下車↓徒歩二〇分、一・二キロ。玉川寺《ぎょくせんじ》庭園。山形県鶴岡市羽黒町玉川字玉川三五↓徒歩三〇分、一・八キロ。自坊《じぼう》小路《こうじ》↓徒歩五分、〇・二五キロ。黄金堂《こがねどう》。鶴岡市羽黒町手向《とうげ》字手向二三二↓徒歩一〇分、〇・五五キロ。呂丸《ろがん》宅跡。鶴岡市羽黒町手向字手向↓徒歩一〇分、〇・五キロ。烏崎《からすざき》稲荷神社。鶴岡市羽黒町手向字黒沢)

六月三日、羽黒山《はぐろさん》に登る。図司左吉《ずしさきち》と云《いふ》者を尋《たづね》て、別当代《べったうだい》会覚《ゑがく》阿闍梨《あじゃり》に謁《えつ》す。

『おくのほそ道』

三日　天気吉。新庄ヲ立、一リ半、元合海。…一リ半古口へ舟ツクル。…舟ツギテ、三リ半、清川ニ至ル。…一リ半、雁川、三リ半、羽黒手向荒町。申ノ刻、近藤左吉ノ宅ニ着。本坊ヨリ帰リテ会ス。

『曽良旅日記』

六月三日（陽暦七月一九日）芭蕉たちは新庄を発ち、本合海から舟に乗り古口で舟を乗り換えて清川でひと悶着あったが下船した。

清川からは三里歩いて狩川に着き、ここから南へ三里半歩いて羽黒山の門前町である手向の、近藤左吉の家に申《さる》ノ刻（午後四時過ぎ）に着いた。

手向は出羽三山信仰の一つである羽黒山の門前町で、八方七口といわれた三山の七つの登山口である羽黒口・大網《おおあみ》口・注連《しめ》掛け口・本道寺《ほんどうじ》口・岩根沢《いわねざわ》口・川内《かわだい》口・肘折《ひじおり》口のなかでも最大の門前町で、住人のほとんどは宿坊を営む妻帯山伏であった。芭蕉のころは街の両側に約二キロにわたり三〇〇軒以上の宿坊が建ち並び、その間には商家や職人の家も入り交じっていたのだろう。

出羽三山の信仰は東北一帯、越後、佐渡、信濃に特に広く広がっており、羽黒講、三山講などの講が組織されていた。山伏たちは講員である檀家を巡り、牛や三面大黒の絵姿の御札や湯殿山の湯ノ花を配り初穂（神仏に奉納する金銭）を集め、一方檀家の方も家相を見させたりした。

山伏たちは檀家に三山巡拝を勧め、宿坊になっていた自宅に宿泊させ坊内の神殿でお祓いをし、荷物を担いで登山の案内もしていた。

芭蕉が通った本合海から手向までのルートは、岩手・南部地方や秋田方面の三山詣りの人々が通ったルートで、芭蕉たちは荷運船に乗ったようだが一般的には四〇～五〇人乗りの道者船《どうしゃ》が五月から八月まで運行されていた。

手向そのものは村山地方、宮城・仙台方面はもちろん、岩手・秋田方面、さらに鼠ヶ関、鶴岡を経てくる越後方面、さらに江戸方面からと四方からの参詣者で賑った。

芭蕉が訪ねた図司左吉だが、曽良は近藤左吉と記しているが、『曽良旅日記』に「一二日　…鶴ケ岡、山本小兵へ殿、長山五郎右衛門縁者。図司藤四良、近藤左吉舎弟也。」ともあるので左吉は二つの姓を名のっていたのだろう。

左吉はもと鶴岡の人であったが、手向村荒町に住み山伏の袈裟や摺衣を染める染物屋であった。

左吉は俳名を呂丸《ろがん》（露丸とも）、俳号を凋柏《ちょうはく》堂と称し、年齢は三〇代半ばであったろうが、酒田の玄順、鶴岡の重行とならび庄内俳壇では宗匠格の俳人であったので、芭蕉のことを耳にしていただろうし、一方芭蕉も大石田の高野一栄あたりから呂丸のことを聞いていたにちがいない。

本坊の別当代会覚は江戸東叡山寛永寺の出身で、当時の知識人の常として俳諧にも造詣が深かったであろうから、呂丸の出入りを特に許していたのだろう。芭蕉たちが左吉の家を訪ねた時、左吉は本坊の若王寺《にゃくおうじ》へ行っていて留守だった。

講が組織されていない地方からの巡拝者は、別当寺の若王寺へ行って宿泊の指示を仰ぐのだが、芭蕉は大石田の高野一栄が持たせてくれた別当寺の長の会覚への紹介状を帰ってきた呂丸に見せたので、呂丸は喜んで今帰ってきたばかりの道を往復して会覚の返事をもらってきた。

さて、鶴岡駅前から羽黒山頂行きの庄内交通バスに乗った。バスは大泉橋を通り天満宮前、苗津《なえづ》新橋《しんばし》などを通って大鳥居を潜っていくのだが、大鳥居前で下車した。東北最大という高さ二二・五メートル、横幅一五メートルの朱塗りの大鳥居には「奉納　平成二一年出羽三山丑歳御縁年」の大のぼり旗が左右に翻っていた。

右手に「玉川寺庭」の矢印が建っていた。月山方面に向かって棚田の中の道を行き一つ目の十字路を真っ直ぐ行き、次の変則十字路を左へ行きすぐ左折すると右手が玉川寺で赤い橋の先に山門が建っていた。

この庭は羽黒山中興の祖といわれる第五〇代別当天宥がこの地の自然に惹かれて作庭したという。三〇以上あったという羽黒山内の多くの寺院が、明治初めの神仏分離令で失われたが、名庭で知られる玉川寺は山外にあったため難をのがれたという。

庭下駄を履いて庭園内を巡ってみると、前面に大きな池があり、立石や石の配置がダイナミックで、庭園を前に瞑想にふけっている観光客の姿などが印象的であった。

さて寺の駐車場を左折し坂を上り下って、山間の栗の花が盛りの道をずっと行った。突きあたりがバイパスで左へ折れてすぐ右の杉木立の細い道へ入った。旧道であった。杉木立の下は白い十薬の花がとめどなく咲いていて気持ちのいい道であった。

手向の宿坊街の雰囲気を今もとどめているという自坊小路を目指すが判らず、尋ね尋ね行った。手向郵便局の隣のお宅の、黒板塀の前の短い細道がそれで、突きあたりに自坊という大きな宿坊があったという。なるほど、一種独特の雰囲気を漂わせている。

自坊小路を出て、右折して行くと左手の昔ながらの茅葺屋根の葺き替えをしている家の隣が黄金堂であった。

わらじが沢山吊るされ、中に弁慶の大きく古びた粕鍋と、仁王が左右向かいあって立っている仁王門を潜ると、石垣の上に実に堂々たる構えの羽黒山正善院黄金堂が建っていた。

神亀五年（七二八）聖武天皇勅願建立とも建久四年（一一九三）源頼朝建立とも伝えているという。

お堂の中を拝観させてもらうと、等身大の正観音像が三三体祀られており圧巻であった。三三体正観音菩薩といい、三三体でご本尊であるといい、人間の欲望が三三通りあるように観音のお顔つきも皆違っていた。

寺僧の説明によれば月山は阿弥陀如来で月を、湯殿山は大日如来で日を、羽黒山は観音で星を司るという。

ところで堂内に入ってすぐ、二体の大きな仁王像に圧倒されたが、明治元年の神仏分離令により今では随身門となってしまっている羽黒山の仁王門の仁王であるという。また堂内には廃仏毀釈《はいぶつきしゃく》を受けた羽黒山内寺々の仏像などが所狭しと並べられていてなんとも痛ましかった。

帰り際、仁王門に何故わらじが吊るされているのかと聞いてみると、山に登れない人の代わりに仁王が登ってくれるので、新しいわらじを吊るしていくのだという。

黄金堂は向かいの正善院の所有だが、三島通康が道路を切り境内が分断されてしまったと口惜しそうにいう。

ここにも「丑歳御縁年」の旗がそちこちにひらめいていた。辺りの家々の軒下には、綱を束ね真ん中に黒いひげのようなものがついた大きなものが架けられていた。

ホトトギスがしきりに鳴く中を、信号機から鶴岡市立羽黒第一小学校の方へ曲がるとすぐ右手に「図司呂丸屋敷跡」という説明板が建ち、呂丸の家は第一小学校の方に向いて建っていたなどとあった。

図司呂丸屋敷跡

元の道に戻り、道なりに行って左手の道に入ると右手の石垣の上に階段があり、杉木立の中に赤い鳥居が建っていた。呂丸没後一〇〇年の寛政五年（一七九三）に建てた追悼碑があるという鳥崎稲荷神社であった。

鳥居を潜った境内右手に庚申碑、廿三夜塔などが並び、覆い堂の中に呂丸辞世句碑が建っていた。表面に呂丸の辞世句「消安《きえ》し都の土に春の雪」、右側に「当帰より哀は塚のすみれ草」という芭蕉の追悼句が刻まれていた。「当帰」は本州中北部の山地に生えるセリ科の多年草で薬用に栽培された。

呂丸はこの薬草風呂で芭蕉をもてなしたが、江戸への土産としても持って行ったのである。

話が前後するが、呂丸は南谷では寺に泊り芭蕉の世話をする一方、芭蕉から俳諧の指導を受けた。不易流行説など芭蕉から聞いた俳談を記録し、後に刊行したのが「聞書七《ききがきな》日草《ぬかぐさ》」で蕉風理解に役立つという。

　覆い堂の呂丸の辞世句碑の背後に「呂丸近藤左吉略歴」という説明板が建っていた。呂丸が芭蕉翁の俳論を書きとめた「聞書七日草」や呂丸伝書「うたまくら」が酒田市立光丘図書館に保存されていること、呂丸は元禄五年芭蕉翁を慕い俳諧修行の旅に出、芭蕉庵を訪れた際芭蕉から「三日月日記」を貰ったことなど記されていた。

　芭蕉庵を訪れたあと呂丸は上洛し美濃国谷汲《たにくみ》に会覚を訪ね、再び京に上って嵯峨に去来の落柿舎を訪ねたりしていたが、元禄六年（一六九三）二月二日病のため京都で客死した。元禄六年三月二日公羽（鶴岡藩士長山重行の家臣・岸本八郎兵衛）宛芭蕉書簡には、異郷で亡くなった呂丸の若い妻や子に対する、芭蕉の優しさがうかがえる。

返〲左吉《さきち》事難レ忘《わすがたく》、打寄《うちより》〱申出候《まうしいで》。昨夜京去来《きょらい》より又申越候《まうしこし》。是正月晦日《みそか》之状にて、呂丸《ろぐわん》生前之内之事に而御座候間、切《きり》抜（呂丸他界前後の事情を記した去来らの手紙の切り抜き）候而懸御目《おめにかけ》申候。御縁類之御方（呂丸の妻や子）へ御語可被成《かたりなさるべく》候。

元の道に戻り坂を上ると、鳥居の横棒が左右に突き抜けた格の高さを示す「抜き門」を持つ宿坊の集まりともいえる桜小路となる。

右手の大進坊には「涼しさやほの三日月の羽黒山　雲の峰幾つ崩れて月の山　語られぬ湯殿にぬらす袂かな」という大きな芭蕉三山句碑が道路に面して建ち、筋向いの三山大愛教会には「其玉や羽黒にかへす法の月」句碑が建ち、背後に芭蕉の「天宥《てんゆう》法印追悼の文（法の月）」が記されていた。

さて大進坊の左手、「祭堂」というガラス張りの覆い堂の中に「つつが虫奉納」として祭られているものは、手向の家々の軒下に下げられていた、綱を束ねたものであった。

羽黒山《はぐろさん》

（手向宿坊《とうげしゅくぼう》より徒歩一〇分、〇・四五キロ。随神門《ずいしんもん》→継子坂《ままこざか》→神橋《しんきょう》、須賀《すが》の滝、爺杉《じじすぎ》→徒歩二〇分、〇・九キロ。五重塔→一の坂、二の坂→三の坂茶屋→芭蕉三日月塚→本坊跡南谷別院跡→斎館《さいかん》→三神合祭殿《さんじんごうさいでん》。山形県鶴岡市羽黒町手向字羽黒山《はぐろさん》三三→出羽三山歴史博物館→羽黒センターバス停）

六月三日、羽黒山《はぐろさん》に登る。図司《づし》左吉《さきち》と云《いふ》者を尋《たづね》て、別当代《べつたうだい》会覚阿闍梨《ゑがくあじゃり》に謁《えつ》す。南谷《みなみだに》の別院に舎《やど》して、憐愍《れんみん》の情《じやう》こまやかにあるじせらる。

『おくのほそ道』

…申ノ刻、近藤左吉ノ宅ニ着。本坊ヨリ帰リテ会ス。本坊若王寺別当執行代和交院へ、大石田平右衛門ヨリ状添。露丸子へ渡。本坊へ持参、再帰テ、南谷へ同道。祓川ノ辺ヨリクラク成。本坊ノ院居所也。

『曽良旅日記』

本坊若王寺から帰ってきた左吉は、芭蕉が大石田の高野一栄から預かってきた羽黒山本坊の別当代会覚宛の紹介状を見ると、すぐ本坊にとって返し、会覚の返事をもらってきた。

　こうした場合普通は、最初の一夜は手向に泊り翌日の夕刻に南谷の別院に入るのだが、特別に最初から南谷の別院に入ることになったので、左吉が案内し芭蕉達は南谷へ急いだ。

　南谷は羽黒山三の坂の入り口を南へ五〇〇㍍《メートル》ほど入った所で、山上の大寺院が出火し本社が類焼するのを恐れた羽黒山第五〇代執行別当天宥が、寛文二年（一六六二）山上の別当寺を移転し紫苑寺（建坪七〇〇坪）と称したのが始まりである。

　山上の執行寺は二の坂上に別当寺同様寛文二年に着工し、若王寺（建坪八〇〇坪）と称した。執行寺も別当寺も壮大な建物であったのである。

　天和二年（一六八二）東叡山貫主天真法親王が羽黒山別当を兼帯したが、南谷の紫苑寺を執行寺、従来の執行寺である若王寺を別当寺とし、別当代は若王寺にいることにした。このころは別当が執行を兼帯することが多かったので、南谷の執行寺は別当寺の別院と称したという。

　南谷は院をめぐって三方に泉水を作り、遠く吹越沢から水を引き入れた。中島に架した石橋の曲折妙を極め、池をめぐって桜を植えたという。

四日、本坊にをゐ《(おい)》て誹諧興行。

有難《ありがた》や雪をかほ《(お)》らす南谷

『おくのほそ道』

四日　天気吉。昼時、本坊へ蕎切ニテ被レ招、会覚ニ謁ス。并南部殿御代参ノ僧浄教院・江州円入ニ会ス。俳、表計ニテ帰ル。三日ノ夜、希有観修坊釣雪逢、互ニ泣第ス。

『曽良旅日記』

芭蕉は翌日の昼ごろ、蕎麦を馳走するからと本坊伊奘諾山若王寺宝前院に招かれ、初めて会覚＝和交院にあった。その場に、盛岡城主の代参で来ていた僧・浄教院珠妙、近江飯道寺の僧・円入、京の僧で曽良と面識のある希有観脩坊釣雪などがいて早速歌仙をまき、この日は次の表六句だけ作った。

羽黒山本坊におゐて興行

元禄二、六月四日

有難や雪をかほらす風の音　翁
住程人のむすぶ夏草　露丸
川船のつなに蛍を引立て　曽良
鵜の飛跡に見ゆる三ヶ月　釣雪
澄水に天の浮べる秋の風　珠妙
北も南も砧打けり　梨水

「俳諧書留」

この歌仙は芭蕉の月山登山をはさんで日を重ね、芭蕉がこの地を離れる前日までかかり一巻を巻き終えた。

普通は、客の芭蕉が詠んだ発句に会覚が脇句をつけるのだが、露丸につけさせているところに、会覚が露丸の俳諧を高くかっていたことがうかがえる。

五日、権現《ごんげん》に詣《まうづ》。当山開闢《かいびゃく》能除《のうぢょ》大師は、いづれの代《よ》の人と云事《いふこと》をしらず。延《えん》喜式《ぎしき》に「羽州里山《うしうさとやま》の神社」と有《あり》。書写《しょしゃ》、「黒」の字を「里山」となせるにや。羽州黒山を中略して羽黒山と云《いふ》にや。出羽といへるは、「鳥の毛羽を此国《このくに》の貢《みつぎもの》に献《たてまつ》る」と風土記《ふどき》に侍《はべる》とやらん。月山《ぐわつさん》、湯殿《ゆどの》を合《あはせ》て三山とす。『おくのほそ道』

五日　朝ノ間、小雨ス。昼ヨリ晴ル。昼迄断食シテ註連《しめ》カク。夕飯過テ、先、羽黒ノ神前ニ詣。帰、俳、一折ニミチヌ。『曽良旅日記』

出羽三山とは羽黒山（四一四メートル）、月山（一九八四メートル）、湯殿山（一五〇四メートル）をいう。月山は三山の主峰で、その稜線が南に七キロほどいった所にある山が湯殿山で、北に二三キロほど下った場所にある山が羽黒山である。

このような配列形態は仏教では神聖な意味をもち、本尊仏を中心に左右に脇士を配置するのと似ている。

また三山全体の形が牛のうずくまっている姿に似ているので臥牛山《がぎゅうざん》と総称し、頭が湯殿山、盛り上がった背中が月山、臀部を羽黒山と見立て、この牛の姿を板木に彫刻して紙に摺り、火防《ひぶせ》のお札として現在も信者に配っているという。

僧侶が山に入って修行する（禅師）ことは奈良朝時代から始まっており、中央では葛城・吉野・熊野などの山岳が拠点となった。奈良時代中期の代表的な山岳修行者といわれる葛城山の役小角《えんのおづぬ》（六三四〜七〇二）は修験道の開祖ともいわれる。地方の山々も日光の勝道、白山の泰澄ら山岳修行者により開かれた。

平安時代になると最澄・空海による山岳仏教の提唱もあって天台・真言の密教僧たちの山岳修行がさかんになっていった。

中央の修験者は主に大和の大峰山で修行したがその北の金峯山、南の熊野が拠点となった。地方では日光、白山、立山、羽黒山などにも修験者が存在した。

こうして多くの僧侶が山岳修行したことから山岳信仰が発展し、道教、陰陽道《おんみょうどう》と融合して平安時代中期頃に一つの宗教体系として修験道が成立した。

特定の教祖の教説による宗教ではなく、山岳修行による超自然力の獲得と、その力で治病、除災、託宣など呪術宗教的な活動を行う、実践的な儀礼中心の宗教であった。

一四世紀初頭には熊野三山を拠点とし聖護院を本寺とする天台系の本山派という修験の宗派が作られ、一方吉野・大峯を拠点に醍醐寺を本寺とする真言系の当山派が作られて修験道界をほぼ二分した。

諸教団や諸山の体制がしだいに確立されるにつれ熊野、吉野・大峯、白山、羽黒などの諸山で縁起がまとめられていった。

江戸時代になると、幕府は諸霊山に拠り全国各地を遊行することが多かった修験者を地域社会に定着させ、各派に所属させた。

その結果、修験者は村や町で、日待・月待・庚申などの祭の導師、加持祈祷《かじきとう》、調伏《ちょうぶく》・憑《つ》きもの落としや呪《まじな》いなどの呪術宗教的な活動を行い、庶民の現世利益的希求に積極的に応えていった。

さて芭蕉は六月五日（新暦七月二一日）、昼まで断食して潔斎し、紙撚《よ》りでこしらえた注連《しめ》（修験袈裟）を首にかけて不浄を払い、夕飯を済ませてから、権現（羽黒権現）、ようするに今の羽黒神社に参詣した。「権現」とは仏が衆生を救うために仮に神の姿になって現れるという本地垂迹《ほんじすいじゃく》説によるもので、平安時代中ごろから一般にも広まってきた。羽黒権現の本地は正観世音菩薩、垂迹は出羽神《いではのかみ》であるという。

芭蕉がいうところの「当山開闢能除大師」とは、羽黒派修験道の開祖といわれている崇峻天皇の第三皇子蜂子皇子《はちこのみこ》＝弘海のことである。

第三一代用明天皇の御世、古くから軍事一筋で仕えてきた物部氏と屯倉《みやけ》の設置など財政面で抬頭してきた蘇我氏は、仏教を受容するかどうかで欽明朝（第二九代）に始まり敏達朝（第三〇代）まで対立してきたが、用明天皇のとき頂点に達した。

身体が弱く仏教に帰依した用明天皇が亡くなると、物部守屋と蘇我馬子は武力闘争に突入し、曾我氏は物部氏を滅ぼし、仏教信仰は公認された。

第三二代崇峻天皇（六世紀末）は馬子の甥であったが、天神地祇を祭るという天皇権からすれば、馬子の専横は目に余るものがあったのだろう。

天皇が自分を嫌っていると思った馬子は天皇を弑《しい》してしまった。

崇峻天皇の妹の穴穂部間人皇女《あなほべのはしひとのひめみこ》は聖徳太子の母であったから、聖徳太子は従兄弟である崇峻天皇の第三皇子蜂子皇子に、蘇我氏の横暴を避け諸国遊行の旅に出るよう勧めた。

弘海は各地を遍歴しているうちに出羽国の羽黒山に登り、大杉の下、木の葉を綴って衣服とし木の実・草の実を食して三年余、ただただ「能《ク》除《ク》一切《ノ》苦《ヲ》」を唱えて出羽国司や人々の病悩や苦難を救ったので、人々は能除仙と称し尊崇したという。

能除太子が羽黒山を開いたのは推古天皇元年（五九三）と伝えられている。次いで能除太子は月山、湯殿山を開いたが、冬は雪のため登ることが不可能なので月山神、湯殿山神を羽黒山に勧請し羽黒三所大権現と称して奉仕したという。


では出羽三山が修験者の道場となり、山伏が定住するようになったのはいつごろからであろうか。

出羽国は和銅五年（七一二）に建国されたが、月山、羽黒山、鳥海山は国津神としてすでに土地の人々から深い信仰を受けていた。

一方、東北地方の仏教は聖武天皇が奈良の東大寺や諸国に国分寺を造り（大半は七七〇年代に完成）僧を派遣した影響が大きいという。

また南都六宗の一つ法相宗の学僧徳一《とくいつ》（天平宝字四年＝七六〇〜承和二年＝八三五）の、会津の恵日寺を拠点にした活動が東北仏教に大きな影響を与えたといわれている。

国分寺に派遣された僧は当初は南都六宗の僧であったが、承和一三年（八四六）に天台宗の名僧安慧《あんね》が出羽国国分寺に派遣され住職となった。その後真言宗の僧も国分寺の僧になるようになり、天台宗、真言宗が東北地方、殊に出羽国に広まり信仰されるようになった。

徳一も安慧も山中での修行を非常に厳しく行ったので、この人たちの影響を受けた天台宗、真言宗、法相宗などの僧侶が月山や羽黒山など東北の厳しい自然の中で修行をしたことで、吉野・大峯や熊野とは違った山岳信仰集団が組織されていくことになった。

…当寺武江東叡《ぶかうとうえい》に属して、天台止観《てんだいしくわん》の月明らかに、円頓融通《ゑんどんゆづう》の法《のり》の灯《ともしび》かゝげそひて、僧坊棟《むね》をならべ、修験行法《しゆげんぎやうぼふ》を励《はげま》し、霊山霊地《れいざんれいち》の験効《げんかう》、人貴且恐《たふとびかつ》る。繁栄長《とこしなへ》にして、めで度御山《たきおやま》と謂《いひ》つべし。

『おくのほそ道』

出羽三山は本来真言宗であったが、二五歳で第五〇代執行別当となった天宥（?〜延宝二年＝一六七四）は戦国争乱のあと衰微した羽黒山の振興をはかろうと寛永一八年（一六四二）武江（武蔵国江戸の略）の東叡山に従属することにした。東叡山とは西の比叡山に対した名で、寛永寺は寛永年間に天海僧正が創建した天台宗の関東総本山で、徳川氏の菩提所であった。

幕府にとっても、奥羽には諸大名が割拠していたのでその中に直轄地を置くことは有利だったのである。

時の権勢と結びついた天宥は天海僧正の弟子となり、教理も天台のそれに改めてしまったから、長い間真言の教理を修学してきた僧侶たちには不平をいう者も多かった。しかし羽黒山はにわかに時めきだし、寺だけでも三三坊もあり、現在の杉並木を初め植林をして境内を荘厳にし、山上の別当を中腹に移し、南谷に壮大な別院を建て、月山から延々八キロの水を引いて田を開いた。祓川の懸崖に不動の滝（須賀の滝）を落とすなど天宥の業績は大きかったが、南谷の別院の豪華さなどもあり、同じ羽黒山衆徒の訴えで寛文八年（一六六八）伊豆の新島に流され、延宝二年（一六七四）同島で八二歳で亡くなった。

芭蕉が訪れたのはその一五年ほど後のことで、その頃には人々にも天宥の偉かったことが解《わか》り、追慕するようになっていたという。

さて手向の、桜小路バス停筋向かいの宿坊に宿をとり、翌朝歩いて羽黒山頂を目指すことにした。六月のこととて宿泊客が我々だけであったのを幸いに、宿坊の主夫婦からいろいろ話が聞けた。

まずは大広間で二人きりで食べる精進料理だが、赤ミズの酢の物や煮物、ウドの天婦羅、月山筍、山蕗など奥さんが丁寧に説明してくれた。途中から主《あるじ》が出てきて話に花が咲いた。

山伏の修行は山に入って修行する入峰修行だが、羽黒では四季の峰といって春、夏、秋、冬の入峰修行が行われたが、今では春の峰、夏の峰はほとんど行わないという。八月二五日ごろから九月一日にかけて行われる秋の峰は山野を駆け歩くことが主体で、入峰修行を重ねることで人間的に成長していくので今でも神社や寺の主催を併せると二二〇人位参加するらしい。

手向の住人でこの秋の峰に参加した人が二人、松聖となり九月二五日から大晦日までの九九日間の冬峰修行をする。前半の五〇日は自坊で後半は羽黒山上の斎館に籠り行に精進し、一〇〇日目の大晦日に松例祭を執行するという。

> 出羽三山開山伝説によると、出羽三山を開いた能除仙は修行中苫屋《とまや》にこもり村人に五《ご》穀《こく》を栽培することを教えたが、村に高熱が出て、皮膚が紫色になり焼かれるような苦しみの後死亡する病気が発生したのを知り、荒沢寺の常火堂で神仏に救いを求めた。
> 大晦日の朝、病気の正体は稲田にいる恙虫《つつがむし》によるとの夢のお告げで、村人に稲束を集めさせ焼き払ったので、しだいに村は平和な暮らしを取り戻していった。こうして恙虫を象《かたど》った大松明を焼き払う神事となっていったという。

一二月三〇日には、明日の松例祭に備え若者たちによる巨大な恙虫の形をした大松明造りが行われるが、その材料は月山山麓のススキ、ヨシ、ササなどで、頭部の高さ約三メートル、体長七～八メートル、重さ五～六〇〇キロという。主の話では、この恙虫のひげは大麻で作るが、栃木県が最大の産地であるという。

古い縁起書には、その昔、麤《そ》乱鬼が鳥海山上から東北一円に悪気邪気を振りまき人々の命を奪うので、二人の松聖がこれを調伏するため祈祷を続けたところ羽黒権現の託宣があり、麤乱鬼の形を造って焚きつくしたところたちまち退散したという。

これが恙虫になったのは、明治の末ごろ最上川沿岸地方に恙虫の害にあう者が多かったのでその被害を防ぐためであったという。

松例祭当日（大晦日）になると、昨日造った巨大な恙虫の背綱や節綱を長さ五〇《セン》《チ》ほどに切り、夫々の恙虫の頭部に乗った両聖が群衆に撒いた。人々は綱を拾って持ち帰り、家の軒下に下げ、強力な恙虫の威力を逆に利用して家内の魔除け・火伏せの守り神にするという。


ところで恙虫病だが、主に畑ねずみに寄生するツツガムシに人が刺されて発病し、日本、東南アジア、南洋諸島に多く、日本では秋田、山形、新潟各県の河川流域に発生し多数の死者を出し恐れられた。

刺されて一週間から一〇日で頭痛、関節痛、発熱、発疹などの症状が出るが、現在は特効薬により死者はなくなったという。

ちなみに新聞によれば、二〇〇九年度の福島県のツツガムシ病患者は全国最多の九三人で、うち一人が死亡しているという。春先や秋から初冬に患者が集中したとあり、山林などに入る際は肌の露出を控えるよう呼び掛けている。

翌朝、八時一五分に宿坊を出、桜小路のY字路を左折して行くと石鳥居があり、其の奥に羽黒山の随神門が、右前には昔修験者が行法を行った場所にあったという天拝石があった。

随神門は実に大きいが、明治元年（一八六八）の神仏分離令による廃仏毀釈により、中には仁王ではなく小ぶりな老若の随神が祀られていた。門を潜ると羽黒山の杉並木だが、すぐ継子坂で急な下り坂であった。ここから山頂まで一・七キロの羽黒山参道である。

ガクアジサイがうす青い花をつけ、両脇の見事な杉並木の中で鳥が鳴き、階段下に幾つもの小さな社が見えた。

俗世である山麓と霊域である山上の境界である赤い神橋を渡ると祓川の向こうに須賀の滝があるが、今日は水がかすかに流れ落ちている程度であった。

ここから石段を上るが、この一の坂は緩やかなだらだら坂で、上って行くと樹齢一〇〇〇年以上山内随一の巨木という、注連飾りをした爺杉の幹が見え、その右手にまるで杉林に同化したように五重塔が建っていた。

五重塔は素木《しらき》造り、柿葺《こけらぶ》きで承平《しょうへい》年間（九三六〜九三八）に平将門が創建。現在の五重塔は文中《ぶんちゅう》元年（一三七二）に庄内領主で羽黒山の別当であった武藤政氏《むとうまさうじ》により大修復されたという。

いよいよ急坂二の坂で、目の前に壁のような急な石段が聳え立つ。両脇は杉の巨木が赤い幹を見せ、初夏の緑が美しかった。天宥が造らせた敷石は不規則な石が崩れもせず見事に積み上げられ、多くの人々に踏まれ磨り減っていた。

ポールをたよりにひたすら歩き、二の坂を登りきった左手がからっと開けていて、思わず入り込むと二の坂茶屋であった。

茶屋の若おかみの元気な声に迎えられ、リュックを下ろすと、眼下に庄内平野を見晴らせ、右前方にかすかに飛島《とびしま》が見えた。

「石段踏破認定証」を貰い、月山筍汁と力餅で舌鼓みを打ったが、下から吹き上げてくる風が気持ち良かった。

さて三の坂に入って右手に芭蕉翁三日月塚があった。二基の燈篭の中央奥に「芭蕉翁」と刻した芭蕉塚が建っていた。

さらに石段を登っていくと、ガクアジサイが沢山咲いていた。右手に「本坊寶前院《ほうぜんいん》跡」という低い標石が建っていた。この辺りは「御本坊平」というだけあって、中へ入ってみると杉木立のなか広大な平地であった。ここが、芭蕉が蕎麦を馳走するからとまねかれ会覚に初めて会った、壮大な別当寺があった場所である。

見事な杉木立の間の三の坂を行った。見上げると幹が実に美しい。

右手に「羽黒山南谷について」という説明板が建っている。南谷の入り口であった。細道に入っていくと南側が深い谷となっており、やがて前方が高台となっていて入り口に「羽黒山南谷」の石柱が建っていた。

本坊寶前院跡

上ってみるとカラリとした平坦な地に苔むした大きな礎石が切り株と共にあちこちに散在している。歩いてみるとかなりの広さで、建物をめぐって三方に池が配されていた様子がうかがえる。左手の池にオゼコウホネの輝くような黄の花が沢山咲いていた。

芭蕉句碑「有難や雪をかほらす南谷」が苔むして建っており、丁度その後方の池奥に、台風で折損した南谷霞桜の根元から萌芽し、四、五月ごろ花をつけるという一五メートル程の若木が立っていた。

誰も来ない静かな南谷の礎石に腰を下ろしていると、蛙の鳴き声やホトトギスや鳥々の声に満ち、月山から吹き降ろす風が汗をかいた身に爽やかであった。

さて三の坂に戻りさらに登っていくと、ポポポポポ…と筒鳥が鳴く。二四四六段というこれほど長い石段は見たことがないが、若者は一気に登って行き、あっというまに姿が見えなくなった。

空が近くなってきて、頂上が間近なのだろう。まさに風薫る爽やかな御山である。左手の大杉並木の奥に斎館が建ち、さらに登ると羽黒山の赤鳥居、右前には能除太子の御座石という大きな平石が祀られ、脇に「月山遥拝」の木柱が建っていた。

鳥居を潜ると羽黒山の頂上で、左手に「厳島大神」その先に蜂子皇子を祀る「蜂子社」、社前向かい側に石囲いの大きな護摩壇があった。

さらに石段を数段登った左手に実に重厚な三神合祭殿が建っていた。羽黒三所大権現は明治の神仏分離後大権現号を廃して出羽神社と称し、三所の神々を合祭しているので建物を三神合祭殿と称しているという。

茅葺屋根の厚さが二メートルはあろうか、堂々たる権現造りに圧倒された。最上義光は慶長五年（一六〇〇）の関が原の合戦で徳川家康に味方し庄内を奪取すると、羽黒本社の大造営を行い慶長一一年（一六〇六）に完成、参詣したという。

義光改築後、腐朽してきたので別当天宥は幕府に願い再建しようとしたが、弟子となって三年後の寛永二〇年（一六四三）に、師の天海大僧正が亡くなったので再建することができなかった。

したがって芭蕉の詣でた羽黒三所大権現は義光の改築した社殿であった。

その後本社はたびたび炎上したため、東叡山では文化一〇年（一八一三）覚諄を羽黒山第七五世の別当、執行に任じ、八年後の文政三年（一八二〇）再建されたのが現在の本社である。

覚諄は俳諧をよくし、文化一五年（一八一八）に南谷に先の芭蕉句碑を建立したのである。

三神合祭殿の前の羽黒権現の御手洗池は一面コウホネが黄の花をつけていた。この池は平安から鎌倉時代にかけての池中納経の信仰により、今までに五〇〇鏡以上が出土したため鏡池ともいうとある。

その先にもの古りた大きな鐘楼が建っていた。建治元年（一二七五）蒙古襲来の際、羽黒山の竜神が神風をおこし蒙古軍が壊滅したといい、鎌倉幕府が翌年に大鐘を奉納したという。東大寺の南都太郎、高野山の高野次郎と並び羽黒三郎といわれ、日本で三番目に古い梵鐘という。

霊祭殿で我が先祖を供養した。その先に天宥以来なのだろう羽黒山東照宮が祀られていた。出羽三山には百一末社といって多数の末社が散在しているが、東照宮の右奥に並ぶ七社にお参りした。それぞれの神様の由緒が記されていて楽しかった。

ところで鏡池の背後から見ると、三神合祭殿の見事な茅葺屋根の上で茅師が茅の修復中であった。

赤鳥居を潜った手水舎の先に芭蕉像と、第七五代別当覚諄が文政八年（一八二五）に月山登山道の入り口野口に建立し、昭和四〇年にここに移建したという大きな三山句碑（涼しさやほの三日月の羽黒山　加多羅礼奴湯登廼仁奴良須当毛東迦那　雲の峰いくつくつれて月の山）が建っていた。

その先に天宥を祀った天宥社があり、その南西側の玉砂利の敷かれた奥、菊の御紋のついた鉄扉の中に蜂子皇子の御墓があった。

最後に豪壮な妻入流造りで、和風六階鉄筋コンクリート造りの出羽三山歴史博物館に立ち寄った。芭蕉筆天宥別当追悼句文や近藤左吉宛芭蕉書簡など見ることができる。

月山・湯殿山

（羽黒《はぐろ》センターバス停より庄内交通バスで一五分。羽黒山頂↓徒歩二〇分、〇・九キロ。吹越《ふきこし》神社・峰中《ぶちゅう》籠堂《こもりどう》。山形県鶴岡市羽黒町手向字羽黒山地内↓徒歩四〇分、一・二キロ。荒沢寺《こうたくじ》。羽黒町手向字羽黒山二四・斎館《さいかん》。羽黒町手向字羽黒山三三↓羽黒山頂バス停よりバスで月山八合目下車。月山レストハウス↓月山中《なか》の宮↓月山レストハウス。弥《み》陀《だ》ケ《が》原《はら》一周。徒歩約二時間、約三キロ。鶴岡駅よりバスで一時間一七分、湯殿山。山形県鶴岡市田麦俣《たむぎまた》字六十里山《ろくじゅうりやま》七↓シャトルバスで五分、参拝バス終点。参籠所《さんろうじょ》より徒歩三〇分、湯殿山神社本宮参道入り口。田麦俣字六十里山七↓徒歩五分、湯殿山神社御宝前入り口）

八日、月山《ぐわつさん》にのぼる。木綿《ゆふ》しめ身に引《ひき》かけ、宝冠《ほうくわん》に頭《かしら》を包《つつみ》、強力《がうりき》と云《いふ》ものに道びかれて、雲霧山気《うんむさんき》の中に、氷雪を踏《ふみ》てのぼる事八里、更に日月《にちぐわつ》行道《ぎやうだう》の雲関《うんくわん》に入《いる》かとあやしまれ、息絶《たえ》身こゞえて頂上に臻《いた》れば、日没《ぼつし》て月顕《あらは》る。笹を鋪《しき》、篠《しの》を枕として、臥《ふし》て明《あく》るを待《まつ》。日出《いで》て雲消《きゆ》れば、湯殿に下《くだ》る。『おくのほそ道』

六日　天気吉。登山。三リ、強清水。二リ、平清水《ヒラシヅ》。二リ、高清。是迄馬足叶道（人家、小ヤガケ也）。弥陀原、こや有。中食ス。（是ヨリフダラ、ニゴリ沢・御浜ナドヽ云ヘカケル也。）難所成。御田有。行者戻リ、こや有。申ノ上尅、月山ニ至。先、御室ヲ拝シテ角兵衛小ヤニ至ル。雲晴テ来光ナシ。夕ニハ東ニ、旦《あした》ニハ西ニ有由也。

『曽良旅日記』

芭蕉は六月八日に月山に登ったように書いているが、曽良の日記によれば六月六日（新暦七月二二日）に登ったのだろう。前日は精進潔斎《しょうじんけっさい》し、まず羽黒山に参拝している。芭蕉と曽良は好天気の中、白木綿を頭に巻き左右の耳の上で角のような格好になるように頭巾を冠り、行衣《ぎょうい》の白襦袢《じゅばん》と白の股引《ももひき》、それに黒の筒脚絆《きゃはん》を着け、荷物など負って道案内する強力《ごうりき》に案内されて月山（本地阿弥陀如来、垂迹月山神＝月読命《つきよめのみこと》）に登った。

この白装束は精進潔斎した証であり、また死出の旅に出ることを意味した。月山は死者の霊が集まっている所なので、登山者もいったん死んだ者として山へ入るのだという。

当時月山に登る時には羽黒山を通らずおわたり道といわれるルートを通るのが習慣であったようである。多分この道が現在奥の細道歩道といわれている旧月山遥拝道なのであろう。

手向の宿坊を朝早く出て、この旧月山遥拝道を歩いてみることにした。朝からあいにくの雨で、宿坊の主人からどうしてもの時は吹越神社から羽黒山有料道路の方へ出るようにといわれた。

羽黒山頂上の長屋茶屋の右手の杉木立の中に、草ぼうぼうの道があった。上り下りがかなり激しい道を行くと右手に蜂子皇子を祀った吹越神社が建ち、その前には、神社側修行の秋の峰の一の宿と二の宿となる行堂である峰中籠堂と護摩壇が、雨の中ぼおっとけぶって建っていた。ここで雨がどしゃ降りとなった。

左手に車道に通じる道があったが白い驟雨《しゅうう》の中をひたすら歩いた。さて大変な急坂を下りた。昔、羽黒山参拝を終えた道者が徒歩や馬で月山に向かった道なのだからかくもあろう。

道に丸石が敷かれているが、大雨でかえって滑りやすかった。行き着いた所は行き

吹越神社（右）と峰中籠堂

止まりで、一見石垣かと思うようなとても前向きには下りられそうもない石段を蟹のように横歩きで下りた。

自動車道の向かいが荒沢寺であったが、合羽を着ているとはいえ全身ずぶ濡れであり、近くの月山ビジターセンターで携帯の昼食を摂った。羽黒山頂からの月山八合目行きのバスが見えた時には、先ほどの驟雨がうそのように止んでいた。

さて荒沢寺だが車道から石橋をわたり参道の石段を登ると、山門には「羽黒山奥の院　羽黒山荒沢寺」とあり、左に「羽黒山修験根本道場」とあった。この寺は能除太子が月山、湯殿山へ赴く際修行したところであり、今では寺側修行の修験者の大切な行場となっているようである。

山門入って左手に立派な延命地蔵菩薩堂があり、直進していくと右手に朱字で「是より女人禁制《にょにんきんせい》」と記した二メートル程の石柱が建っていた。さらに入った無人の本堂の先に燈篭が二つ建ち、その間の道が月山へ通ずる道なのだろうか。この先は草ぼうぼうで道筋は分からなかった。

さて、山の天気はかくも変わりやすいうえに、月山には万年雪の雪渓もあるので、盛夏とはいえ芭蕉の通った道にも雪が少しは残っていたのだろう。

芭蕉たちは息をきらして険しい山道を登り、身体もこごえそうになりながら山頂の角兵衛小屋に行き着いた。石室の土間に笹を敷きその上にむしろを敷いて、篠を枕に「御来迎《らいごう》」を見ようと夜の明けるのを待った。

御来迎とは、日の出、日没時に霧が立ちこめた際、じぶんの影の周りに光の輪がかかるブロッケン現象をいい、日輪を背負った観音様を思わせ奇瑞《きずい》として喜ばれたという。しかし曽良が「雲晴テ来光ナシ」と記したように御来迎をみることはできなかった。やがて朝日が出て雲も消えたので、湯殿山の方へ下った…というのである。

さて羽黒山頂にある斎館に宿をとり、翌朝バスに乗って月山八合目にある弥陀ヶ原迄行ってみることにした。

斎館は先達寺の一つで、坊舎の遺構を残す唯一の建物であるが、今では羽黒山神社直営の参籠所《さんろうじょ》となっている。芭蕉が供された料理を再現した御本坊芭蕉膳を一人分予約してみたが、そこに並ぶ松竹梅などを象った色鮮やかな「ひきおとし」という砂糖菓子は、参詣者に非常食として持たせたことが始まりという。

聖《ひじり》参籠室などの前を通り、長い廊下の奥の、金閣寺東宮の茶室をまねたという香嵐亭という四畳半の茶室に通され、ここが今夜の宿となった。南天の床柱は修験の安全を祈ってのことなのだろうか。

館内には修験者たちの「行」の場と就寝の場を兼ねる大広間が沢山あって、普段は襖で仕切り宿泊所として利用しているようである。

香嵐亭からは、木叢の向こう、遥か眼下に庄内平野を見渡せた。茶室の庭は大きな橡や杉の下陰に池が作られ、さつき、紫陽花などしつらえられて往時の面影を偲ばせた。蜩が盛に鳴き、朝の三時半ごろから四時ごろ一際澄んだ、まるで極楽浄土もかくやと思われるような妙なる調べを奏でていたが、その後ピタリと止み、替わって鶯などの鳥が鳴きだした。

さて早朝、羽黒山頂から月山八合目行きのバスに乗った。芭蕉は「氷雪を踏てのぼる事八里」といっているが、古来月山の登山道は「木原三里、石原三里、草原三里」といわれる。三山神社から頂上までだと六里二丁（二四キロ余）といわれ、かっては合目ごとに茶屋や小屋があったという。

蒸し暑い中、バスは月山ゴルフ場や庄内平野を時々見下ろしながら、磐梯朝日国立公園の北域の木叢の中の細道を走った。月山三合目、四合目（強清水）としだいに高地へ登ってきて、六合目の平清水では下方に川や町が小さく見えた。

山の穂の高さに登ると七合目で標高は一〇〇〇メートルを越えるという。ここは地元では高清水とも合清水《ごうしみず》ともいったといい、ここからは馬で行くことができなくなるので別名馬返しといった。

曽良の日記に「高清。是迄馬足叶道」とあるように、馬に乗ってきた芭蕉はここから歩き出したのである。六合目辺りから車の交差が難しくなり、太く白い橅の木肌が目立ってきた。

到着した標高一四〇〇メートルという八合目の駐車場からの見晴らしは実に雄大であっ

月山中之宮

た。神室山から鳥海山、月山、朝日山地、飯豊山、吾妻山を経由し、蔵王山に至る約二六〇キロにわたり鳥海朝日・飯豊吾妻緑の回廊が設定されているという東北森林管理局の説明板が建っていた。

「月山登山口」石柱が建つ石段を行くが、月山フウロがピンクの可憐な花をつけていた。

月山レストハウスから左回りで中の宮を目指した。右手の雲の上に鳥海山のきれいな姿が見えてきた。

石の細山道を行くと御田原《みたがはら》参籠所で、その先に月山中の宮（御田原神社）が祀られていた。曽良の「弥陀原、こや有。中食ス」とはこの参籠所のことなのだろう。

頂上まで行けぬ人は中の宮をお参りすることで月山をお参りしたことになるという。左手には月山本宮への鳥居が建ち月山頂上への道が続いていた。

ここ八合目は弥陀ヶ原ともいわれ、山頂直前の最後の浄土といわれるほど花咲き乱れる高山植物のお花畑になるという。
左手の霊祭供養所に詣り、その裏手から弥陀ヶ原の湿原をめぐる木道に入った。

池塘

標高一四〇〇メートルという高地のため、枯れ草が腐らず何万年となく積み重なって水はけの悪い泥炭となり、雨水や雪渓がしみこんで池ができ、強い雨風で周囲が削られて作られた池塘《ちとう》が大小散在し、そこにワタスゲやミヤマホタルイがまるで稲が植えられたように生えていて、神々の田、御田原といわれるのも頷けた。

鳥海山と月山が弥陀ヶ原をはさんで丁度向かい合っており、辺り一面、ニッコウキスゲが鮮やかなオレンジ色の花をつけ、ヨツバシオガマ、ミヤマリンドウ、キオンなどの花々が咲き乱れてまさに弥陀の浄土を散策しているようであった。

見上げると月山の岩場を登っていく人々の姿が見える。この先頂上までは標高差五〇〇メートルを二時間ほどかけて登るらしい。曽良の「御田有。行者戻リ、こや有。」の「行者戻り」とは大きな岩が急傾斜で重なる九合目付近で、役行者が月山権現に押し戻されたという伝説によるのである。

パラパラと雨が降り出した木道で携帯の昼食を摂った。弥陀ヶ原を一周し駐車場に戻ってみると、霧が立ち上り風が出て眼下の眺望は全く見えなくなっていた。

帰路、時計を見ると一時半だが、八合目まで登っていく観光バス六、七台とすれ違った。我々の路線バスも観光バスも誘導員を乗せ、狭い山路での譲り合いであったが、折からの小雨の中、誘導の際傘を持って下りてきたバスガイド嬢もいて、天狗も苦笑する月山道現代模様ではあった。


谷の傍《かたはら》に鍛冶《かぢ》小屋《ごや》と云有《いふあり》。此国《このくに》の鍛冶、冷水を撰《えらび》て、爰《ここ》に潔斎《けつさい》して　劔《（剣）》を打《うち》、終《つひに》「月山《ぐわつさん》」と銘を切《きつ》て世に賞せらる。彼竜泉《かのりようせん》に剣《（剣）》を淬《にらぐ》とかや。干将《かんしやう》・莫耶《ばくや》のむかしをしたふ。道に堪能《かんのう》の執《しふ》あさからぬ事しられたり。『おくのほそ道』

七日　湯殿へ趣。鍛冶ヤシキ、コヤ有。牛首（本道寺へも岩根沢へも行也）、コヤ有。不浄汚離、コヽニテ水アビル。『曽良旅日記』

月山から湯殿へ下って行く谷の傍に、鍛冶小屋があり、出羽の国の刀鍛冶がこの山の霊水を選んで、心身を清めて剣を作り月山と銘を刻みこんで世にもてはやされたという。

ここで月山鍛冶がでてくるのはなにか唐突な感じがするが、どうであろうか。

平安末期、奥州藤原氏が全盛を極めた岩手県平泉に近い舞草《もくさ》を中心に舞草鍛冶集団が活躍していたが、奥州藤原氏が源頼朝に滅ぼされると、舞草鍛冶の大半は鎌倉を始め全国へ散り、各地の鍛冶に影響を与えた。特に月山鍛冶など修験道と関係深いものが多かったという。

鎌倉末期、三度目の蒙古襲来におびえた幕府は諸国の社寺に異国降伏の祈祷を命じたが、護国や怨敵調伏《おんてきちょうぶく》のために行われる秘法「大元帥法《だいげんのほう》」の祈祷場に梵字彫物《ぼんじほりもの》の入った霊剣が供えられたのではないかともいわれている。

奥州藤原氏の庇護を受けていた義経に深い関心を寄せた芭蕉にとって、奥州藤原氏縁故の舞草鍛治集団から派生し、修験道と関わりを持っていった月山鍛冶についても是非触れておきたかったに違いない。

さて芭蕉たちは湯殿山を目指して月山頂上から巨石累々の急坂を行き、やがて尾根道を行って牛首《うしくび》のピークから一時間程でおそらく装束場《しょうぞくば》に着いた。わらじをはきかえ、装束を整えた場所という。

装束場から下ると月光坂《がっこうざか》という古い噴火口の内壁となる。高度差二五〇㍍という急坂の難所で、鉄梯子や鎖を伝って下る金月光《かながっこう》と、滑る沢路を下る水月光《みずがっこう》を、眼根、耳根、鼻根、舌根、身根、意根の六つの認識器官の穢れを払い清らかになるようにとの山念仏「六根清浄《ろっこんしょうじょう》」を唱えながら湯殿山に向かって下っていったのだろう。

…岩に腰かけてしばしやすらふほど、三尺ばかりなる桜のつぼみ半《なか》ばひらけるあり。ふり積《つむ》雪の下に埋《うづもれ》て、春を忘れぬ遅ざくらの花の心わりなし。炎天《えんてん》の梅花爰《ここ》にかほ《(を)》るがごとし。行尊僧正《ぎやうそんそうじやう》の歌の哀《あはれ》も爰《ここ》に思ひ出《いで》て、猶まさりて覚《おぼ》ゆ。惣《そうじ》て、此《この》山中の微細《みさい》、行者《ぎやうじや》の法式として他言《たごん》する事を禁ず。仍《よつ》て筆をとゞめて記《しる》さず。坊に帰れば、阿闍利の需《もとめ》に依《より》て、三山順礼の句々短冊《たんざく》に書《かく》。

涼しさやほの三か月の羽黒山

雲の峰幾つ崩《くづれ》て月の山

語られぬ湯殿にぬらす袂《たもと》かな

湯殿山銭ふむ道の泪《なみだ》かな　　曽良

『おくのほそ道』

七日　湯殿へ趣。鍛冶ヤシキ、コヤ有。…コヽニテ水アビル。少シ行テ、ハラジヌギカエ、手繦《てこう》カケナドシテ御前ニ下ル。(御前ヨリスグニシメカケ・大日坊へカヽリテ鶴ケ岡へ出ル道有)。是ヨリ奥へ持タル金銀銭持テ不レ帰。惣テ取落モノ取上ル事不レ成。浄衣・法冠・シメ計ニテ行。昼時分、月山ニ帰ル。昼食シテ下向ス。

強清水迄光明坊ヨリ弁当持せ、サカ迎セラル。及レ暮、南谷ニ帰。甚労ル。
ハラヂヌギカヘ場ヨリシズト云所ヘ出テ、モガミヘ行也。
堂者坊ニ一宿。三人、壱歩。月山、一夜宿。コヤ賃廿文。方々役銭弐百文之内。
彼是、壱歩銭不レ余。　『曽良旅日記』

芭蕉のいう「遅ざくら」とは、こうした岩礫地に咲くタカネザクラであったろうといわれている。

行尊僧正（天喜五年＝一〇五七～保延元年＝一一三五）は平安時代末期の天台宗の高僧。源基平の子で保安四年（一一二三）天台座主となり、天治二年（一一二五）大僧正となった。大和国大峰・和泉国槇尾山などで修行した人である。また和歌をよくし、『金葉和歌集』『詞花和歌集』『千載和歌集』『新古今和歌集』などの歌集に収録されている。

「行尊僧正《ぎやうそんそうじやう》の歌の哀《あはれ》も爰《ここ》に思ひ出《いで》て」とは、吉野にある有名な修験道の霊山大峰で行尊が詠んだ次の歌により、芭蕉はいつものごとく、目の前のことに関係のある古歌・故事を思い出して、目の前に咲く桜をいっそうしみじみと鑑賞しているのである。

大峰にて思ひもかけず桜の花の咲きたりけるを見てよめる
諸共にあはれと思へ山桜花より外にしる人もなし　『金葉和歌集』

芭蕉の「惣《そうじ》て、此《この》山中の微細《みさい》、行者《ぎやうじや》の法式として他言《たごん》する事を禁ず。仍《よつ》て筆をとゞめて記《しる》さず。」とはこの湯殿山中のありとあらゆることは、修行者の守るべき規則として他人に話すことが禁ぜられていたので、これ以上は書かないことにするというのである。

湯殿山に詣でたあと、曽良が「昼時分、月山ニ帰ル。昼食シテ下向ス。強清水迄光明坊ヨリ弁当持せ、サカ迎せラル」と記したように、昼ごろには月山に戻って昼食をとり下山する芭蕉たちを、羽黒山南谷の役僧が四合目の強清水まで料理を持って出迎えたのである。

こうして暮れてから南谷に帰ったが、曽良に依れば「甚労ル」、要するに、芭蕉たちは疲労困憊《こんぱい》して南谷に帰った。

宿坊に帰ると、会覚阿闍梨からの依頼があって、三山を順々に参拝してできた次のような句々を短冊に書いた。

「雲の峯幾つ崩《くづれ》て月の山」は、月山は暮礼山月光寺といい、月読命が祀られており、「月の照る山」と「月山」を掛けている。

「語られぬ湯殿にぬらす袂《たもと》かな」は、他言無用の湯殿山から受ける感動で袂を濡らすばかりであるというのであるが、湯殿山の異名が「恋の山」であることを芭蕉が知っていたのだろうか、なにかなまめかしさを感じる一句である。

湯殿山銭ふむ道の泪《なみだ》かな　　曽良

湯殿山は社殿があるわけではなく、湧き出る温泉の辺りが御神体なので、賽銭《さいせん》もその辺りに散らばってしまう。湯殿山に参拝するとその賽銭が道に散らばっていて、それを踏んで行かなければならないが、その銭に触れる人もなく、霊山の尊さが身にしみて、涙がこぼれるばかりであるというのである。

八日　朝ノ間小雨ス。昼時ヨリ晴。和交院御入、申ノ刻ニ至ル。
九日　天気吉、折々曇。断食。及レ昼テシメアグル。ソウメンヲ進ム。亦、和交院ノ御入テ、飯・名酒等持参。申刻ニ至ル。花ノ句ヲ進テ、俳、終。ソラ発句、四句迄出来ル。

『曽良旅日記』

翌八日、会覚が南谷の別院に訪ねてきた。九日は、疲労で食欲がなく、そうめんを少しばかり摂った。この日も会覚が訪ねてきて、四日に始めた「有難や…」を発句とする連句を完了した。

さて鶴岡駅から湯殿山行きのバスに乗った。市内の銀座通りの並木は雪のせいか枯れてしまったものが見受けられ、冬の厳しさが感じられた。

雨は小降りとなり正面に山が稜線を見せてきた。追分、関口、木原辺りから左右前方にしだいに山が迫り、川原村を過ぎると旧街道だろうか、道は曲がりくねった細道に入った。

県道三八三号線から国道一一二号線に入ると周囲は青田で、かたくり温泉ぼんぼ、熊出《くまいで》公民館辺りから半袖では涼しくなり、いよいよ山懐に入った。

　大網では霧が渓谷から湧き上がってきた。左手に鉄門海上人の即身仏《そくしんぶつ》と森敦の「月山」で知られる注連寺への矢印が見えた。バス停正面にこれまた即身仏が祀られている「大日坊左四〇〇《メートル》」の標示が建ち、ここまで来ると車内は三人だけとなっていた。

　月山ダムが右手に壮大な姿を見せてきた。朝日第一トンネルや米山橋を越えると標高三三六《メートル》とあった。バスは曲がりくねった細い山道を行った。

　田麦橋を渡ると田麦俣の多層民家が左手に見えてきた。バスは登ったり下ったりし、ついに客は二人だけとなり、大空が間近になった。

　田麦俣を出ると、一一二号線は高台の大きな道となった。かなりの高度である。カーブの連続となり登坂車線が終わって、だいぶ頂上へ登ってきた。山百合

田麦俣の多層民家

が盛りに咲き、香りがバスの中にまで漂ってきた。

杉の穂の高さのところを行き、長い月山第二トンネルを行った。今走っている山が六〇里山だろうか。

湯殿山トンネルに入り左折して行くと、湯殿山ホテルがあり、有料道路に入った。終点湯殿山（本地大日如来、垂迹大山祇神《おおやまづみ》）でバスを降りるとすぐ「蛇注意」の立て札に度肝を抜かれた。右手の石段を登ると湯殿山本宮の大鳥居、その右奥が千人沢、左手が参籠所であった。

仙人沢に行ってみると、雨中に並び立つ沢山の石碑の中央に「即身仏修行之地　湯殿山仙人澤」という大きな石碑が建っていた。

由来説明板によれば、湯殿山は出羽三山の奥の院として明治の初めまで神仏習合の霊山として栄え、仙人沢は木食行人（一世行人）修行の霊地であるとし、庄内地方にある即身仏六体（真如海上人・朝日村の大日防《だいにちぼう》。鉄門海上人・朝日村の注連寺。本明海上人・朝日村の本明寺。鉄龍海上人・鶴岡市の南岳寺。忠海上人、円明海上人・酒田市の海向寺《かいこうじ》）は皆湯殿山仙人沢で五穀を断ち十穀《じゅっこく》を断って厳しい修行を重ね衆生済度のため挺身《ていしん》された尊い方々である。…とあった。衆生済度のため修行した人々の心を思うと何か異様な霊気を感ぜざるを得なかった。

今夜の宿である参籠所の神主さんの話によると、羽黒山の斎館で精進潔斎し三山を参詣して湯殿山の参籠所で直会《なおらい》をして終わるので、二泊はしないと三山は越えられないという。

早朝、参籠所から見える山々の橅の白い幹が美しかった。

朝のご祈祷に参列したところ、祭壇は向かって右が祓い場で梵天《ぼんてん》や幣《ぬさ》が祀られ、中央には三山大神の三本の幣の前に護摩壇が据えられていた。左には御祖を祀る塔婆《とうば》が沢山祀られているという具合に、修験道、神道、仏教が三部構成で据えられている祭壇はまさに神仏混交の姿で、珍しかった。

儀式は神主さんが太鼓を叩き祝詞を詠んでお祓いをし、ほらをふいて護摩壇に座り、鈴の音と共に「別れにしその日ばかりはめぐりきていきもかえらぬ人ぞ恋しき」など祝詞を詠んだ。

さて朝八時、湯殿山へ向かうシャトルバスに乗り霧立ち上る山間を行った。梵字川に架かる赤い橋を渡り十分ほどで終点湯殿山神社本宮直務所前に着いた。

掲示板には、他社では御神殿に深く鎮座しているご神体を、当社では梵字川の流れの中に拝し、御神徳の証であるお神湯を踏み直接触れてお参りでき、生まれ変わりの信仰が今も息づいている、現世とはかけ離れた神域である…などとあった。

湯殿山本宮に向かい梵天が沢山建てられた山間の細道を下って行くと不如帰が鳴き、川音を立てて流れる梵字川のほとりに御祓場があった。

ここで裸足となり御祓いをうけ、小さな紙の人形で身を拭い穢れを移して最後に息を吹きかけ水に流した。

木戸を入っていくと目の前に四、五メートルはあろうか赤い大きな巌からお湯が流れ落ちている。御神体であった。お参りをし左脇からお湯のながれる巌を登ってみた。巌はつるつる滑るかと懸念したが、湯元は大変熱く、裸足の足に心地良かった。

湯殿山参詣では先祖に会えるといわれており、御神体の左脇に先祖の霊祭場があり、戒名を書いた紙を巌にはり水や花、線香をあげて供養する岩供養ができた。

沢山建てられている梵天について神主さんに聞いてみると、梵天とは千枚梵天ともいい、御幣が沢山集まったもので、神が宿り沢山守っていただくという意味だという。伊達政宗の母が子を授かりたいと梵天をお供えし祈願して産まれたのが正宗で、その霊験にあやかり幼名を梵天丸といった。鳥居の内側は胎内を御参りすることであるという。

出羽三山詣とは、現世の羽黒山で入峰修行し、死の世界である月山に登り、艱難《かんなん》に耐え諸々の仏典念誦の功徳で種々の迫害に打ち勝ち、湯殿山で即身成仏しこの世に再生することを意味するのだという。

「おくのほそ道」と不易流行

「おくのほそ道」の旅に出た芭蕉は当初の目的地であった歌枕の白河関、松島でも、自分なりの一句をものすることができなかった。

仙台では加右衛門が調べておいたつつじが岡、木の下などの歌枕よりも加右衛門の篤実な人柄に惹かれ、白河関を越えて見聞きする佐藤一族の菩提寺医王寺や平泉の高舘など義経主従の物語や奥州藤原氏の悲劇などに芭蕉の心は惹かれていった。
江戸深川を発ち太平洋側を歩き、奥羽山脈を越え出羽の人々との俳席を楽しんだ後、最上川を下り羽黒山に一二日間滞在した際、土地の俳人呂丸が芭蕉から聞いたことを記した『聞書七日草』の中の「天地固有の俳諧」「天地流行の俳諧」という言葉は、後の「不易流行説」の萌芽といわれる。
更に金沢で入門した北枝は、積極的に教えを受け、山中温泉に滞在中、芭蕉が語った言葉を書き留め出版した「山中問答」には、より具体的に「不易流行」が説かれてくる。

蕉門正風の俳道に志あらん人は、…不易の理を失はずして、流行の変に渡る。

『山中問答』

「不易」は、時代を超えて変わらぬ本質的なもの、「流行」は常に変化流動してやまないものであり、時代によらず人に深い感動を与える本質的なものを時代の変化にのせて歌い上げていくことが大切だ…というのである。

芭蕉は「おくのほそ道」の旅を通して「不易流行」に思い至り、歌枕への呪縛から解放され、何にも束縛されず自由にのびのびと感動する自分の心、現実の世情の中に本質的なものの命の輝きを見出して感動し、それを掴み取ることこそ自分の俳諧だと思うようになった。

芭蕉は宗匠でもない自分が俳論書など書く必要はないとし、「不易流行」についても相手の能力・性質に応じて説いていったので、まとまった芭蕉の言説があるわけではないが、芭蕉死後それを継承した門弟の服部《はっとり》土芳《どほう》の説から推測することができる。

師の風雅に万代不易有、一時の変化あり、この二つに究り其本一なり、その一といふは風雅の誠也、…《風雅の誠を》せむるものはその地に足をすへがたく一歩自然に進む理也、…四時の押移如く物あらたまる、皆かくのごとしとも云り

『あかさうし（服部土芳作）』

土芳は、風雅の誠をせめていれば「不易を踏んだ流行」へと自然に脱皮していくとした。

「風雅」とは芭蕉が影響を受けた西行、杜甫などの和漢の詩歌をいい、「風雅の誠」とはそれらの作品を通して養われた幽玄、有心、優艶などの詩精神をいう。

「風雅の誠をせめる」とは詩歌の詩精神を養うだけでなく、芭蕉が「許六離別詞」に「古人の跡を求めず、古人の求めたる所をもとめよと南山大師の筆の道（弘法大師の「性霊集」）にも見えたり、風雅も又これに同じ」と述べているように、先輩の作品を模するのではなく、何故そうした作品ができ上がっていったのかその時代背景を追求していってこそ、古人の心も体得することができるというのである。

この「不易流行」を母体として蕉風俳諧の究極の詩境である「軽み」の理念が生まれていき、芭蕉は元禄七年の死に到るまでその顕現・深化に精進していくことになる。

第四部　山形県鶴岡市・酒田市・飽海郡

長山氏重行と云物のふの家に…

鶴岡

（羽越本線鶴岡駅より庄内交通バス・羽黒行で「天満宮前」下車。徒歩一四分、〇・九キロ→常源寺の羽黒山一の鳥居→徒歩五分、〇・三キロ。大泉橋→徒歩六分、〇・四キロ。長山重行宅跡。山形県鶴岡市山王町《さんのうまち》一三の三六。鶴岡駅より湯の浜温泉行、温海《あつみ》温泉行、油戸《あぶらど》行バスで「致道《ちどう》博物館前」下車。鶴岡市家中新町《かちゅうしんまち》一〇の一八→鶴岡公園→致道館。鶴岡市馬場町《ちょう》一一の四五→徒歩六分、〇・四キロ。旧風間《かざま》家住宅「丙申堂《へいしんどう》」。鶴岡市馬場町一の一七→徒歩二分、〇・一キロ。無量光苑釈迦堂。鶴岡市泉町六の二〇）

羽黒を立《たち》て、鶴《つる》が岡《をか》の城下、長山氏《ながやまうぢ》重行と云《いふ》物のふ（武士）の家にむかへられて、誹諧一巻有《あり》。左吉も共に送りぬ。…　『おくのほそ道』

十日　曇。飯道寺正行坊入来、会ス。昼前、本坊に至テ、蕎切・茶・酒ナド出。未ノ上刻ニ及ブ。道迄、円入被迎。又、大杉根迄被送。祓川ニシテ手水シテ下ル。左吉ノ宅ヨリ翁計馬ニテ、光堂迄釣雪送ル。左吉同道。々小雨ス。ヌルゝニ不及。申ノ刻、鶴ケ岡長山五良右衛門宅ニ至ル。粥ヲ望。終テ眠休シテ、夜ニ入テ発句出テ一巡終ル。　『曽良旅日記』

六月一〇日（新暦七月二六日）、羽黒権現の別当代会覚から蕎麦切と酒をご馳走になっているうちに午後二時ごろになってしまったが、芭蕉と曽良は一週間滞在した羽黒山を出立し鶴が岡へ向かった。円入や釣雪も送ってくれた。

「鶴が岡」は羽黒の西方一二キロ程のところにあり、古くは武藤氏（後に大泉氏・大宝寺氏を名乗る）が地頭として治めていたので大宝寺などといったが、慶長年中の最上義光居城のとき鶴岡と称した。

元和八年酒井忠勝の領土となり、芭蕉のころは酒井忠直一四万石の城下町であった。

長山氏重行とは酒井家の藩士で禄高一〇〇石の長山五郎右衛門重行のことで、鶴岡の荒町裏、大昌寺脇小路の東側に住んでいた。江戸在勤中に芭蕉庵を訪ね門下となり、先にも述べたように呂丸の弟とも縁戚関係にあった。

左吉の家から芭蕉だけ馬に乗り、左吉も同道して午後四時過ぎに鶴岡の重行の家に着いた。時々小雨が降ったが濡れるほどではなかったという。

胃腸が弱く痔疾にも悩まされていた芭蕉は、出羽三山に登った疲労がどっと出たのだろう、食欲が無く、粥を所望してそのまま一眠りし、夜になってから俳諧を催した。「俳諧一巻有《あり》」とはこのことで、芭蕉・重行・曽良・露丸の四吟歌仙だが、この日は一巡しただけで終わった。

十一日　折々村雨ス。俳有。翁、持病不快故、昼程中絶ス。
十二日　朝ノ間村雨ス。昼晴。俳、歌仙終ル。
『曽良旅日記』

翌一一日も芭蕉の持病が起こって中絶、一二日になってようやく終了したという四吟歌仙の一〇日の一巡だけを見てみよう。

元禄二年六月十日
七日羽黒に参籠して
めづらしや山をいで羽の初茄子　翁
蝉に車の音添る井戸　重行
絹機の暮閙《さわが》しう梭《ひ》打て　曽良
閏弥生もすゑの三ヶ月　露丸
「俳諧書留」

「初茄子」は鶴岡市街の南郊にある民田地方の名産民田茄子のことで、皮が薄く歯切れがよく親指の先程の小粒の茄子である。

さて鶴岡駅から羽黒行きバスに乗り「天満宮前」で下車し、バスの進行方向右手の路地を入ると、左手に梅の花はすでに終わっていたが鶴岡天満宮があった。「県社大宰府神社」とあり、どっしりした重厚なお社で絵馬が沢山架かっていた。

鶴岡市中央児童館前を通り内川に架かる苗津新橋から正面前方に羽黒山が、右手に月山・金峰山《きんぷざん》が見えた。

この羽黒街道は今では四七号線となっていて車両の交通が激しいが、道沿いに鮮やかな椿の花が見事に咲いていた。

羽黒という僧侶の世界と真紅の大輪の椿の花は実に対照的だが、逆に鬱屈《うっくつ》した僧の激しい感情を表しているようでもあり、高山樗牛《ちょぎゅう》の『滝口入道』がふっと思い出された。

十日町の八幡神社を右折、内川に架かる昭和橋で一休みし、正覚寺から内川沿いに右折すると常源寺で、入り口に「羽黒山一の鳥居跡」の石柱が建っていた。「境内の左脇にあり」とあるので左奥にずっと入ると、一叢の竹やぶの背後の礎石の上に

「はくろ山と里ゐあと」という細長い石の円柱が石柵に囲まれていた。

南北朝の末期から羽黒山に勢力を得た大泉庄の地頭武藤氏は、政氏の代に羽黒山の別当を称し、子孫がその職を継いだ。政氏は長慶天皇の文中元年に羽黒山に五重塔（国宝）を再建し、その居城大宝寺（鶴岡）に鳥居を建立させ羽黒山一の鳥居としたが今はなく、鳥居町の名を残すのみという。

さて昭和橋に戻り内川沿いに歩いて行くと昔の内川の写真が埋め込まれた説明柱が建っていた。

本町一丁目と向かいの山王町（旧荒町を含む）をつなぐ橋は江戸時代には荒町橋とか人形橋と呼ばれ、明治九年大泉橋とあらためられたとある。

明治末か大正初めごろのこの写真の橋のたもとには往路半日、復路一日半で鶴岡と酒田をつなぐ酒田船の船着場が写されており、内川とその本流赤川はかつて重要な交通路であったなどとあった。

長山小路。右端重行宅跡。

石橋の大泉橋を渡って右手川沿いに「奥の細道内川乗船地跡」の太い木柱が建ち、脇の説明板に芭蕉は長山重行宅に三日間滞在し、一三日にはこの船着場から川船に乗って内川・赤川・最上川と下り酒田に赴いたとし、当時酒田までは船で七里、約半日を要したとあった。

「山王町一五」の電柱を左折すると、「長山重行宅跡　この先一〇〇《メートル》、右折二軒目」の木柱が建っていた。

二つ目の路地を右折した右の小さな一角に「松尾芭蕉翁滞留の地　長山重行宅跡」の説明板と「奥の細道芭蕉滞留の地」石碑が建ち、奥に「めづらしや山をいで羽の初なすび」句碑が建っていた。

説明板によれば重行は元禄一三年（一七〇〇）に外《よそ》に屋敷替えになっているのだが、

内川乗船地。左端説明板。

行き合わせた婦人の話ではこのあたりは今でも長山小路といわれているという。道の先には細長い長山小路が曲がりくねって続いていた。

重行・呂丸と共に蕉門俳人として鶴岡俳壇に重きをなした岸本八郎兵衛（俳号公羽）は四軒先に住んでいて、彼の芭蕉入門はこの時であったらしい。

内川から来た道をそのまま真っ直ぐ行き左折すると正面が日枝神社で、小ぶりの赤い明神鳥居が満開の桜の中に映えていた。

神社の境内右手前に池があり、弁天堂の左脇に「めづらしや…」の芭蕉句碑が建っていた。

ところで、芭蕉は持病が起こって重行の家にこもりっぱなしで、鶴岡の町を散策することもなかったのだろうが、鶴岡の町を少し歩いてみることにした。

先の武藤氏は天正一五年（一五八七）最上義光に鎮圧された。最上義光は関が原の合戦での論功行賞で、従来の最上・村山に加え庄内三郡と由利郡にわたり五七万石の大大名になったが、元和八年領内の派閥争いがもとで改易となった。

幕府は出羽の安定のため譜代大名酒井氏を送り込み、鶴岡は酒井家一四万石の城下町となった。山形県北西部の庄内平野を領したので、庄内藩とも呼ばれ、幕末までの二五〇年間安定した治世を行った。


鶴岡は、領内に商都酒田があるため、武士中心の政治の町らしい落ち着きを感じさせた。

鶴岡駅前から油戸行きのバスに乗り致道博物館前で下車した。ここは城の三の丸にあたり藩主の御隠殿《ごいんでん》（隠居所）のあったところである。

御隠殿のほか明治一七年（一八八四）初代県令三島通康が明治新政府の威容を表すため建築した木造入母屋造りの旧鶴岡警察署庁舎や、湯殿山山麓の豪雪地帯旧朝日村田麦俣から移築したという兜造《かぶと》りの多層民家などが文化財として展示されていた。見事としか言いようのない兜造りの民家は江戸時代出羽三山参詣の導者宿《どうじゃやど》をしたり、強力や馬子《まご》をつとめたりして生活していたという。

さて御隠殿に上がってみると、見事な庄内竿が展示されていた。庄内藩では武道鍛錬のため礒釣りが奨励されたのだという。奥座敷に座ると築山池泉を配した書院庭園を楽しめるが、昔はここから鳥海山を借景として眺めることができたという。

外に出てみると「酒井氏庭園」という石柱の右手に「珍らしや山をいで羽の初茄子はせを」句碑が満開の躑躅《つつじ》の花に包まれるようにして建っていた。

少し離れたところに明治一四年（一八八一）に建てられた擬洋風建築で明治天皇の鶴岡の行在所となった旧西田川郡役所を見ることができる。

致道博物館の東隣にある鶴岡公園は、歴代藩主が本拠とした鶴が岡城の本丸と二の丸の跡で、郷土ゆかりの人物資料館となっている大正時代に建てられた大宝館や、藩主を祀った荘内神社などが建っていた。

また中田喜直氏が冬の鶴岡を訪れたとき、降りしきる雪の中で「雪の降る町を」のメロデーをイメージしたといわれる通りのロードマップが掲示されていた。

南東には、市役所向かい側に長い板塀に囲まれた旧藩校致道館が建ち、講堂・聖廟などが公開されていた。

致道館は荘内藩九代酒井忠徳《ただあり》が士風の刷新と藩政の振興をはかるため文化二年（一八〇五）に建て、他藩の多くが幕府の官学であった朱子学を藩学としたのに対し、荻生徂徠《おぎゅうそらい》の提唱する徂徠学を明治六年（一八七三）の廃校まで教学としたという。

講堂の左手には「士禄上り口」「助教」など建物の礎石が沢山残されていて、画一的な講釈を好まず各人の能力に応じた少人数を対象とする個別的な指導法により数多くの部屋が設けられていたことを示していた。

同じ家中新町の南西側に、家老級の屋敷菅家《すげけ》がそのまま残されていた。荘内藩の重鎮菅実秀が酒井家の御用屋敷を拝領したもので、庭は荘内地方屈指の名園といわれるだけあって、正面に樹齢三五〇年という菅家の見事な松が見えてきた。

家人の招きで縁側に座って眺めると、先の古松と大きな躑躅の群れが築山と池を中心に見事な庭を造りあげていた。

「家中新町」とは酒井藩の中（一〇〇〇石）、上級（二〜三〇〇〇石）クラスの家臣の住宅が集まっているところだという。

さて、鶴岡信金の隣の旧風間家住宅丙申堂に立ち寄った。荘内藩の御用商人で呉服（絹織物）・太物（綿織物・麻織物など太い糸の織物の総称）屋を営んだ鶴岡一の豪商風間家の旧住宅兼店舗で、明治二九年（一八九六）丙申の年に七代当主が建造した。

耐震性を考慮した三角形状の梁や屋根に小石を置く石置屋根などが特徴という。石置屋根は野地板の上に防水シートを敷き、樹齢五五年の杉皮を葺き石をのせるのだが、二〇年に一回葺きなおすという。二階から見た石置屋根は実に見事であった。

近くにある風間家別邸、無量光苑釈迦堂の廊下に座り三〇〇坪の庭を眺めていると、自然の中に溶け込んだような安らぎを覚えるのは誰しものことなのだろう。

庭先の花梨《かりん》の大木の幹が多少ねじれているのも風情があった。

帰路、龍覚寺（泉町一の九）の斜め向かいの道路沿いに、「高山樗牛誕生地」という木柱が一般住宅の門の脇にひっそりと建っていた。

酒田

（酒田駅より徒歩二〇分、一・二キロ。酒田市立資料館。酒田市一番町八の一六→徒歩六分、〇・四キロ。本間家旧本邸。酒田市二番町一二の一三。別館お店《たな》→近江屋三郎兵衛《おうみやさぶろべえ》宅跡→不玉《ふぎょく》亭跡。仲町佐藤医院隣→鐙屋《あぶみや》。中町一の一四の二〇→寺島彦助《てらじまひこすけ》宅跡。殖産銀行向かい側→徒歩一一分、〇・七キロ。海向寺《かいこうじ》。日吉町《ひよしちょう》二の七の一二→下日枝《しもひえ》神社。日吉町一の七の一九

山居《さんきょ》倉庫。山居町一の一の八→徒歩一五分、一キロ。出羽大橋。→徒歩二一分、一・四キロ。日和山公園。市立光丘《こうきゅう》文庫。日吉町二の七の七一→徒歩〇・二キロ、三分。相馬楼《そうまろう》。日吉町一の二の二〇→徒歩一一分、〇・七キロ。泉流寺《せんりゅうじ》。中央西町《にしまち》一の三〇）

…川舟に乗《のり》て、酒田の湊《みなと》に下《くだ》る。淵庵不玉《えんあんふぎょく》と云医師《いふくすし》の許《もと》を宿《やど》とす。

あつみ山や吹浦《ふくうら》かけて夕すゞみ

暑き日を海にいれたり最上川

『おくのほそ通』

十三日　川船ニテ坂田ニ趣。船ノ上七里成。陸五里成ト。出船ノ砌、羽黒ヨリ

飛脚、旅行ノ帳面被調、被遣。又、ゆかた二ツ被贈。亦、発句共も被為見。船中少シ雨降テ止。申ノ刻ヨリ曇。暮ニ及テ、坂田ニ着。玄順亭へ音信、留主ニテ、明朝逢。

十四日　寺島彦助亭へ被招。俳有。夜ニ入帰ル。暑甚シ。

『曽良旅日記』

芭蕉と曽良が鶴岡の重行宅近くの内川の大泉橋たもとから川舟に乗り酒田に向かおうとした時、羽黒の会覚から使いが来た。

会覚から贈られた旅行の帳面とは、これを出せば羽黒山名義で処理できる駄賃帳らしい。砂巻き上がる道を行く象潟への旅で塵除けに羽織る浴衣二枚、それに「忘るなよ虹に蝉鳴山の雪」という会覚の発句が添えられていた。会覚の心遣いが偲ばれ、いかに芭蕉に傾倒していたかが伺える。

芭蕉達は、内川の船着場から舟で、内川・赤川・最上川と下り酒田に着いたのだろうが、最上川の流れが時代により変化しているため、どの辺りに上陸したかは不明のようである。

新井田川が最上川に合流する川岸、黒森茶屋あたりか、河口近くの宮野浦に着いたのだろうか。酒田駅の観光案内所で聞いてみると、黒森茶屋は川筋が変化しているが、川跡は分かるという。

さて芭蕉たちは夕暮れ時に酒田に着き、藩主の侍医玄順宅へ連絡したが留守だったので翌朝逢うことにした。

玄順（俳号不玉）は酒田俳壇の代表的人物で、天和三年（一六八三）に酒田を訪れた大淀三千風が天満宮に二〇余人を集めて句会を開いた際も列席している。尾花沢の清風の撰した『稲莚』に五句載せられているので、清風が三千風に紹介したのだろうといわれている。

翌一四日、豪商の浦役人寺島彦助（俳号詮道）宅の安種亭へ招かれ、不玉を含めた酒田の俳人五人と句会が催された。

六月十五日、寺島彦助亭にて

涼しさや海に入たる最上川　　翁

月をゆりなす浪のうき見る　詮道
黒がもの飛行庵の窓明て　不玉
麓は雨にならん雲きれ　定連
かばとぢの折敷作りて市を待　ソラ
影に任する宵の油火（加賀屋）　任暁
不機嫌の心に重き恋衣　扇風

「俳諧書留」

初案の「涼しさや」を「暑き日を」に改案し、満々と水を湛えて海に注ぎ込む最上川に芭蕉は爽快な涼味を体感している。

酒田の町の起こりについては、酒田市立資料館に非常に解りやすく展示されていた。文治五年（一一八九）平泉没落の際、藤原秀衡の遺臣三十六騎が秀衡の泉の方（徳子・徳尼公）を守って秋田を経、荘内に入り立谷沢に隠れたが、後に袖の浦（宮野浦）の飯盛山《いいもりやま》の麓に泉流庵《せんりゅうあん》を建て薬師如来を祀って仏門に入った徳子と共に、秀衡や、泰衡ら合戦で亡くなった人々の菩提を弔った。

徳尼公亡き後、遺臣たちは袖の浦地方の地侍となり廻船問屋を家業とし、三十六人衆と称して湊町の町政を担当したのが向酒田《むこうさかた》の起源となった。

しかし袖の浦地方は低地で湿気が多いうえに洪水にも遭いやすく、また最上川、新井田川の上流からの物資の集散所の必要からも北岸の当酒田《とうさかた》へ移る必要が生じ、一五〇四年ごろから一〇〇年かけて向酒田一〇〇〇軒を一五〇軒ほどの当酒田へ移行するようになった。

三十六人衆は本町を都市軸に屋敷を構え酒田町組の基礎を作った。

一方、最上川水運の成立基盤は関が原の合戦（一六〇〇年）後、最上義光（慶長元年＝一五九六～慶長一九年＝一六一四）は五七万石で荘内、由利郡を領有したが、村山郡、最上郡、荘内地方の交通路として最上川の碁点・三ヶ瀬・隼の三難所を開削し、大石田などに河岸を設置し最上川の中流、下流の航路の開発に取り組んだ。

さらに米沢藩により元禄六年から黒滝を中心に上流区間の開発も進められ、最上川は山形県の大動脈として大きな役割を果たすようになった。

さて、江戸時代には荘内や最上川流域の内陸諸藩の年貢米の輸送が増大していった。酒田湊は当時すでに関東以北で随一の商業都市となっていたが、寛文一二年（一六七二）出羽国幕府領の城米輸送のため川村瑞賢による西廻り航路が開発されると、一層繁栄していった。

これは古くから開かれていた瀬戸内海航路、日本海の北国海運、伊勢湾海運、又江戸幕府が開かれるといち早く開かれた江戸上方間の海運などの航路をつなぎ整備して、より安全に酒田から江戸まで城米を直送できるようにしたのである。

ところで中世頃まで日本海で活躍した船は、帆だけでは走れず櫓《ろ》を使いながら走ったが、近世になると日本沿岸海運が発達し帆船が各地に寄港するようになった。

それまでの豪商は自分の持船で交易をしていたが、江戸時代になると海船を持たずに北前船を相手に仲買や倉敷料、売買の際の保証口銭などを収入とする廻船問屋が勢力を持つようになってきた。

こうして酒田湊は米の集積地、積出湊としてばかりでなく天下の台所大坂に直結したことで、上方船の出入りが急増し天和三年には最上川舟運の川舟も含め約三〇〇〇艘が入港して賑わい、川舟と海船の積み替え湊である酒田には、沢山の豪商が次々と誕生するようになった。

江戸時代には日本海航路でやってきたこれらの大型の船を、酒田ではすべて「大船《おおぶね》」と呼んでいたが、広島・九州地方では日本海航路を「北前」と呼び、この航路を運航する船を「北前船」と呼んだ。

一方北陸地方では船そのものを「弁財」とか「べさい」といい、俗称として「千石船」「ドングリ船」と呼んでいたという。

豪商たちは豊富な物資と共に流入してくる文化にもなじみ、江戸で名をなしてきていた蕉風俳諧についても耳にしていたので、芭蕉は何人もの豪商たちに招かれ句会を催すことになったのであろう。

さて芭蕉と曽良は、翌一五日から象潟に赴き一八日に酒田に戻ってきているので、象潟については次章でのべることにして、酒田に戻ってきてからのことをみてみよう。

十八日　快晴。…暮ニ及テ、酒田ニ着。
十九日　快晴。三吟始。明廿日、寺島彦助江戸へ被レ趣ニ因テ状認。翁ヨリ杉風、又鳴海寂照・越人へ被レ遣。予、杉風・深川長政へ遣ス。
廿日　快晴。三吟。
廿一日　快晴。夕方曇。夜ニ入、村雨シテ止。三吟終。
廿二日　曇。夕方晴。
廿三日　晴。近江ヤ三良兵へへ被レ招。夜ニ入、即興ノ発句有。　『曽良旅日記』

一九・二〇・二一日の三吟とは、芭蕉・不玉・曽良が不玉方で催した歌仙をいう。

出羽酒田伊東玄順亭にて

温海山や吹浦かけて夕涼　翁
みるかる磯にたゝむ帆筵　不玉

月出ば関やをからん酒持て　曽良

「俳諧書留」

ついで二三日には酒田の富豪近江ヤ三良兵へ方に招かれ、「初真桑の句文」を作った。

あふみや玉志亭にして納涼の佳興に瓜をもてなして、発句をこふて曰《いはく》、句なきものは喰事あたはじと戯ければ

初真桑《はつまくは》四にや断《わら》ン輪に切《きら》ん　はせを

初瓜やかぶり廻しをおもい出ヅ　ソ良

三人の中に翁《おきな》や初真桑　不玉

興《きょう》にめでゝこゝろもとなし瓜の味　玉志

「あふみや玉志」とは酒田の大問屋「鐙屋惣左衛門」だろうと言う説がある。

鐙屋は慶長一三年（一六〇八）山形藩主最上義光から屋号を与えられた大廻船問屋で、

三六人衆の一人。貞享五年出版の井原西鶴の『日本永代蔵』にも紹介されており、江戸時代を通して繁盛したという。

爰に酒田の町に、鐙屋といへる大問屋住けるが、昔は纔《わづか》なる人宿せしに、其身才覚にて、近年次第に家栄へ、諸国の客を引請、北の国一番の米の買入れ、惣左衛門といふ名を知らざるはなし。表口三十間裏行六十五間を、家蔵に立つづけ、台所の有様、目を覚しける　　『日本永代蔵　巻二　舟人馬かた鐙屋の庭』

しかし「曽良旅日記」には「近江ヤ三良兵へへ被招」とあるので、鐙屋惣左衛門とは違う別の豪商がいたのだろう。

さて酒田の町を歩いてみることにした。一番町に入ると左手にレンガ造りの酒田市立資料館があり、親切な対応が気持ちよかった。

資料館の前の大通り商店街を行き、右折して本町《もとまち》通りに入ると右手に本間家旧本邸だろうか、七社の宮の銅版葺の一際目立つ屋根と見事な松が見えてきた。

不玉宅跡

芭蕉達が酒田を訪れた元禄二年に本間家初代が本町で新潟屋と号し商売を始めたらしい。その後三代光丘が家督を継ぐと北前船による江戸大坂への米の出荷と、帰り荷による日用生活必需品の提供で店を大きくし大名貸しを行うようになった。

この本間家旧本邸は三代光丘が明和五年(一七六八)幕府巡見使一行本陣宿として新築し、荘内藩主酒井家に献上したが後に拝領したという。表は旗本二〇〇〇石格の武家屋敷で欅や檜を使い、奥は杉・松を使った商家造りで本間家の人たちが住んだという。

道路向かいが別館「お店」で、本間家が代々商いを営んだ場所である。今ではかつての帳場やはかりなどが展示され、お土産品なども売られていた。

本町通りをさらに行くと、右手の荘内証券の前に、芭蕉が招かれて「初真桑…」の句を作った「奥の細道　玉志近江屋三郎兵衛宅跡」が建っていた。

酒田市役所の角にある信号機を右折し一本目の十字路から二軒目の道沿いに、芭蕉と曽良が象潟行の前後九泊した不玉宅跡の石碑と「暑き日を…、温海山や吹くうらかけて…、初真桑…」の句などを記した説明板が建っていた。

本町通りに戻りさらに行くと右手が、屋根に川石が置かれた国指定史跡の旧鐙屋跡であった。

説明によると、廻船問屋とは宿屋を兼ねた商社で、荷主を無料で泊めて接待することで商談をまとめていったのだが、鐙屋の収入の多くは倉庫料であった。

寛文・元禄期（一六六一～一七〇三）には山形・米沢・東根・新庄・上山など七藩の蔵宿をしてその鍵を預かっており、そのころ一番栄えたらしい。

欅の一枚板の潜戸《くぐりど》を入ると右手と左奥に商談の三部屋があり、表から裏にかけて酒田の商家の特徴である「通り土間」になっていて、長い土間に沿って板の間・座敷が並んでいた。

一方当時は豪商でも屋根に瓦を葺けなかったので、まず板の上に茅を葺きその上に土壁をのせ、石が安定するように三分の一ずつずらして杉の皮を重ねその上に石をのせているという。これほど大きな石置杉皮葺屋根の町家造りを見たことがない。

この本町通りは当酒田に移って最初に造った通りであり、ここに店を構えるのが人々のステータスであり、今も町の中心地であるという。

さらに行くと商工中金斜め向かいの駐車場脇で、「本町三丁目六」という電柱の隣に「奥の細道　安種亭令道寺島彦助宅跡」という木柱が建っていた。

豪商の浦役人寺島亭跡で不玉を始め酒田の俳人五人と句会が開かれた場所である。木柱背後に「山形県奥の細道観光資源保存会」とあった。

坂の多い町で、県道三五三号線に突き当たり右折し、一つ目の信号を左折して鱒の干物などが吊られている道を真っ直ぐ行くと右手に海向寺への坂があり、その先隣が下日枝神社であった。

海向寺は一二〇〇年程前に空海により開基された真言宗の寺である。湯殿山注連寺の元末寺《もとまつじ》で、忠海上人（宝暦五年＝一七五五入寂）と円明海上人（文政五年＝一八二二入寂）の即身仏が祀られている。

即身仏とは、人々の苦しみを救い願い事をかなえるために、湯殿山仙人沢に山ごもりをし五穀、十穀断《た》ちの木食《もくじき》修行の後、土中入定《どちゅうにゅうじょう》し即身仏となられた人々である。

権現造りの本堂の手前にある即身仏堂に入ると、大黒さんであろうか、土中入定の詳しい説明があった。

地下に三メートル程の竪穴を作り呼吸のための竹筒を挿し、腐りにくい松の棺《ひつぎ》の中に入って断食し、鈴を鳴らしながらお経を読み続け、その音が止まるといったん掘り起こして居住まいをただしてから、三年三ヵ月後に再び掘り起こすのだという。

即身仏は山形県内に八体、全国に一六体というのだから驚きであった。

願いが一つだけ叶うというので連れ合いともども大黒さんの読経の中、一つ願掛けをした。

それにしても、祭壇の周辺に新品の紙幣が沢山供えられていたのが印象的であった。

海向寺の境内は日和山の一角にあり、この寺の左手に下日枝神社の赤く大きな山王鳥居が建っていた。

最上川対岸から川を渡り今の酒田の町を作った四五〇年前から、産土神《うぶすながみ》として酒田の総鎮守日吉山王大権現を祀っている。

山王鳥居の奥には見事な随身門が建ち、門の中央で拍手《かしわで》を打つと天井の微妙な湾曲でこだまがかえってくる鳴き天井になっていた。

下日枝神社の隣が日和山公園の東部にあたり、展望台から眺めると手前に新井田川、奥に最上川が流れ、右前方に日本海、左手に出羽大橋が見えたが、河口は長細い中州の先にようやく認められた。展望台の右脇に「温海山や吹浦かけてゆふ涼」の芭蕉句碑が建っていた。

さて船場町一丁目から海洋センターの左隣にある「さかた海鮮市場」を目指した。隣が船の発着所で、食堂の窓から見下ろすと飛島行定期船が目の前に停泊していた。

翌朝は雨の中、新井田川に架かる山居橋を渡った。明治二六年（一八九三）に建てられた一二棟の山居倉庫が堂々たる構えを見せ、川沿いには米の出し入れをした幅広い石畳が設けられていた。

倉庫の屋根は土蔵と屋根の間に空間があり、土蔵内温度を上げないよう二重屋根の構造をなしているという。

倉庫の背後に廻ってみると春雨のなか、巨大な欅が四〇余本立ち並び、黒板張りの倉庫とあいまって見事な景観をなしていた。倉庫内の温度変化を少なくするため夏の日除け冬の風よけに植えられたという。

現倉庫はＪＡの農業倉庫として使われているが、一棟は庄内米歴史資料館として開放されていた。欅の下の敷石伝いに歩いて行くと中間の少し奥まったところに山居稲荷神社が鎮座していた。

山居倉庫を出、最上川河口を見ようと出羽大橋を目指した。山居町郵便局前を通り国道一一二号線を行った。桜が満開だが小雨がパラついてくる。

右手に市営体育館を見ながら出羽大橋の中央辺りまで行ってみると、曇天のもと大河最上川の河口が埠頭《ふとう》と埠頭の間にわずかに見えた。

さて山居倉庫に戻り、今日は最上川沿いの日和山公園登り口（西側）から、日本の都市公園一〇〇選に選ばれた日和山公園に再び上ってみた。左手に天明三年（一七八三）の庚申碑が建つ細い石段を登ると、ここが一番よく日本海が見えるところだろうか。

公園内に入ってみると満開の桜の中に二分の一で再現された千石船が見え、小高いところに河村瑞賢像が千石船を見下ろすように建っていた。

散策道に入った右手には、芭蕉が六月一三日近江ヤに招かれ作った「初真桑の句文」碑が建っていた。

この道を道なりに行くと、明治二八年（一八九五）に作られ日本最古級という白い六角木造洋式灯台を楽しめるが、花冷えでコートを着ていても寒かった。

高台に着くと文化一〇年に酒田港出入りの船頭衆と廻船問屋の寄進で灯台として作られた常夜灯が建ち、近くに芭蕉像と句碑「暑き日を海に入れたり最上川」「あつみ山や吹浦かけて夕すゝみ」があった。

さてずっと足をのばして斉藤茂吉、正岡子規句碑の奥に、本間光丘が山王社境内を中心に最上川岸から高砂の境に至る地域に西浜砂防林を自力で着手した偉業を讃え、文化一三年（一八一六）に建立した松林銘が建っていた。

この辺りは今では見事なまでに太く堂々と聳え立つ能登の黒松が、海風にあおられ東南に傾いて立ち、周囲には緑があふれ光丘の偉業が偲ばれた。

伊東不玉の句碑を探しあぐねたが、その真上辺りが光丘文庫で、不玉碑の背後とおぼしき見事な椿の道を上ったところに子規句碑があった。山椿は紅色あり絞りありピンクあり白ありと多彩で花も大柄で美しかった。

さて日和山を出てきれいに石畳の敷かれた舞子坂《まいこざか》を行くと左手に赤い土塀の相馬楼があった。

江戸時代から酒田を代表した料亭相馬屋を修復し平成一二年（二〇〇〇）に開楼したといい、時間によって二階の大広間で舞妓の踊りと食事が楽しめるという。

残念ながら舞妓さんの出してくれるお抹茶を楽しむ程度であったが、それにしても舞妓さんは美しかった。

楼内には季節柄か木藤《きふじ》があちこちに活けられていて、各部屋六畳位だろうか坪庭が造られ、二階の部屋からは満開の桜が楽しめた。

楼内の土蔵も見事なもので、大きな雛人形や美術品が展示されていて酒田の豪商たちがひとときを過ごした豪勢な気風がうかがえた。

さらに舞子坂を真っ直ぐ行き、三つ目の信号を左折すると突きあたりが泉流寺であった。

泉流寺三十六人衆碑（左）と徳尼像堂

この辺りは寺町で立派な寺が多い。航海安全、商売繁盛を願い船主や豪商の寄進により建築された寺社が多いとのことであった。

泉流寺の名は平泉から流れてきたことを表し、門を入ってすぐ左手に「三十六人衆碑」があり、右手の「瑞従徳」という額の架かったお堂の中に徳尼像が祀られていた。

次いで本間家の菩提寺で、三代光丘が寛政一二年（一八〇〇）京都の東本願寺大谷宗祖廟を模して、京都・近江の大工を呼び寄せ作らせた浄福寺の唐門を見に行ったが、浄福寺の入り口がどうにもわからず迷った。

浄福寺は少々荒れた感じだが、境内左手の最初の路地を入り、右奥の塀が廻されている墓地が本間家の墓で、こじんまりした墓石が沢山並んでいた。

吹浦《ふくら》

（吹浦《ふくら》駅。大物忌神社・吹浦口の宮。山形県飽海《あくみ》郡遊佐町《ゆざまち》吹浦字布倉一↓徒歩一五分、一キロ。芭蕉句碑。出羽二見《ふたみ》。一六羅漢岩。遊佐町吹浦↓徒歩二五分。一・五キロ。湯ノ田温泉。遊佐町吹浦字湯ノ田↓徒歩四〇分、二・六キロ↓神仙《かみこ》の水《みず》。遊佐町吹浦字女鹿《めが》）

一五日　象潟へ趣。朝ヨリ小雨。吹浦ニ到ル前ヨリ甚雨。昼時、吹浦ニ宿ス。此間六リ、砂浜、渡シ二ツ有。左吉状届。晩方、番所裏判済。

一六日　吹浦ヲ立。……　『曽良旅日記』

江山水陸《かうざんすいりく》の風光数を尽《つく》して、今象潟《きさがた》に方寸《はうすん》を責《せむ》。酒田の湊《みなと》より東北の方《かた》、山を越《こえ》、礒《いそ》を伝ひ、いさごをふみて其際《そのさい》十里、日影やゝかたぶく比《ころ》、汐風《しほかぜ》真砂《まさご》を吹《ふき》上《あげ》、雨朦朧《もうろう》として鳥海《てうかい》の山かくる。闇中《あんちゆう》に莫作《（模索）》して「雨も又奇《き》也」とせば、雨後の晴色又頼母敷《たのもしき》と、蜑《あま》の苫屋《とまや》に膝をいれて、雨の晴《はるる》を待《まつ》。……　『おくのほそ道』

芭蕉は最上川や羽黒山、松島などすばらしい景色を数限りなく見てきて、今は象潟に心がせきたてられるというのである。

『曽良旅日記』に見るように六月一五日に酒田を発つが、吹浦までの六里は鳥取・茨城と並ぶ日本三代砂丘の一つであり、身を隠すこともできない砂丘で激しい雨にあったため吹浦に一泊せざるをえなかったのだろう。

そのうえ吹浦には庄内藩の、出国者を取り締まる番所があり、その先の女鹿にも庄内藩の番所があった。酒田で買った出手形を吹浦の番所に渡し、女鹿の番所を通るための入判料を出して印を押してもらった書付を、女鹿の番所に出さねばならなかったのである。

吹浦は鳥海山から流れ下る数本の川が合流し海に注ぐ河口にあり、鳥海山の溶岩が沿岸を南北に分け、古代には有耶無耶《うやむや》の関が置かれていた。しかし、芭蕉のころは本《ほん》荘《じょう》藩と庄内藩の境であった。

また鳥海山頂にある大物忌神《おおものいみのかみ》を祀る本殿の里宮、出羽の国一之宮があるが、とても古く五世紀から六世紀の創建という。

鳥海山は山形県と秋田県の県境にある標高二二三六メートル、東北第二の高山で海岸から

鳥海山の溶岩が流れ出た吹浦辺りの日本海

ほぼ垂直に立ち上がり、海岸線から直線距離でたった一六キロのところに頂上があるという。

有史以前から火山活動をくり返していたが、史実として記録されただけでも一〇数回に及び、紀元前四六六年の噴火により、現在のにかほ市の地形の原型が造られたといわれている。

古代、この山は穢れを嫌う大物忌神の山として畏《い》敬《けい》されてきたので、噴火は神の怒りであり、またなんらかの予兆であるとされた。

かつて陸奥並びに陸奥から分割してできた出羽（山形県、秋田県）は朝廷にとって制圧すべき対象であった。朝廷支配の最前線に位置した鳥海山は、出羽一宮のご神体となり、その爆発的な噴出は朝廷を守る神として期待され、噴火の度に高い神階を授けられた。

鳥海山と大物忌神社は軍事の最前線に位置し国家辺境の守護神とされたのである。

従って歴代天皇の崇敬厚く、また八幡太郎義家の戦勝祈願、北畠顕信の土地寄進、鎌倉幕府や庄内藩主の社殿の造修など時々の武将にも崇敬されてきた。

中世以降はその役割を終え、本来の豊穣と繁栄をもたらす神として仰がれるようになるとともに、神仏習合により「鳥海山大権現」などと呼ばれ修験が盛になっていった。慶長一九年、修験の取り締まりに乗り出した徳川幕府は、天台宗と真言宗にその支配権をゆだねたが、教義上の問題や山上の社殿の支配をめぐり真言宗派の中で対立が生じた。

これが庄内藩と生駒藩の藩境問題に発展し、宝永元年（一七〇四）山頂北八合目以南は庄内藩領という幕府寺社奉行の裁決が出され、これが現在の秋田県と山形県の県境に反映されているのだという。

しかし明治初期の神仏分離令・修験禁止令により鳥海修験は還俗《げんぞく》してしまったという。

さて「いよいよ象潟…」と期待に胸をふくらませながら酒田駅から羽越本線に乗り込んだ。

砂越《さごし》駅あたりから右手に雪を被った月山が姿を見せていた。ヒュルルルルという風の音が窓越しに絶えず聞こえる。遊佐駅あたりになると、出羽富士といわれる鳥海山が大きな裾野を見せて五月の冷えた空のもと、田にはられた水を見下ろすように聳えていた。

遊佐町吹浦辺りは松林が多かった。

吹浦駅の説明板によると、川や海に近い袋状の形をした土地を「布倉」といい、転訛して「吹浦」となったとも、また昔はここは庄内から秋田（羽後国）に抜ける街道筋であったが、今の湊の辺りは旅人にとり厳しい風雪地帯であったので風の吹く浦「吹浦」の名がついたとも諸説あるようである。

大物忌神社は吹浦駅の北側にあり、道の行き止まりの、いかにもゆかしい木の鳥居前に「国幣中社大物忌神社」の石柱が建っていた。

二の鳥居先の石段の奥の暗い木叢の中に、驚く程に九仞《きゅうじん》な石段が聳え、その右下に「北畠顕信卿祈願之所」という石柱が建っていた。

一五〇段程上って行くとカラッとした広い境内に拝殿があり、その背後に右宮、左宮があり荘厳な雰囲気をかもしていた。大物忌神と月山神を祀るという。

桐の花が控えめな色で咲き、木々の若葉の新緑が美しかった。

さて海沿いを走る国道三四五号線に出てみると、海を背に「あつみ山や吹浦かけて夕すゞみ」の立派な句碑が建ち、そのほぼ背後の海の中に夫婦岩を注連縄《しめなわ》で結んだ出羽二見が見え、大きな岩のほうには赤鳥居が祀られ、松が見事な枝ぶりを見せていた。

その先に一六羅漢岩があり、道路から海沿いの溶岩に向かって降りていくと奇岩の連なる数百米《メートル》にわたって、曹洞宗海禅寺の僧寛海が元治《げんじ》元年（一八六四）から明治初年まで石工と共に彫刻したという羅漢が海を背に刻まれていた。

吹浦は漁村であったので、寛海は荒波で命を失った諸霊の供養と海上の安全を祈り、羅漢の造仏を念願して遠く酒田までも托鉢《たくはつ》して歩いたという。

雨の中、飛島を目の前にして釣を始めた人がいた。国道三四五号線を行くとやがてバス停「湯の田」で湯ノ田温泉に入った。

波打ち際に寄せる波の勢いが強くなり、道の左手の山側には「地震があったら津波に用心」の看板と避難経路図がたびたび標示されており、津波の恐ろしさを思わせた。

「鳥崎」バス停で休憩したが、はまなすがまだ固い蕾を沢山つけていた。滝ノ浦の先で国道三四五号線は国道七号線に組み込まれていった。

海沿いはしだいに砂浜から溶岩になっていき、ウツギの花がピンクの花盛りであった。

この遊佐町は鳥海山の山頂がある町で、日本海からの風を受け鳥海山には多量の雨や雪が降り、それが浸透して山麓には伏流水が沢山湧き出るという。

その一つである女鹿の神泉の水は、一番上は飲料、二段目は野菜などを洗い、四段目は泥のついた汚れのひどいものを洗うなど五段階に区分けされているというので是非見たかったが残念ながら行き着けなかった。

後で聞いてみると、途中七号線から女鹿集落へ入る七号線と平行した生活道路があるが、そのすぐの所にあったという。

行きずりの女性は黒い布を被り、道のキイチゴが白い花を咲かせていた。

三崎《みさき》・むや〳〵の関

（神泉の水→徒歩二五分、一・六キロ。三崎峠・大師堂・有耶無耶《うやむや》の関跡。山形県飽海郡遊佐町吹浦字女鹿。秋田県にかほ市象潟町小砂川字三崎）

十六日　吹浦ヲ立。番所ヲ過ルト雨降出ル。一リ、女鹿。是ヨリ難所。馬足不レ通。番所手形納。大師崎共、三崎共云。一リ半有。小砂川、御領也。庄内預リ番所也。入ニハ不レ入二手形一。塩越迄三リ。半途ニ関ト云村有（是ヨリ六郷庄之助殿領）。ウヤムヤノ関成ト云。此間、雨強ク甚濡。船小ヤ入テ休。『曽良旅日記』

…西はむや〳〵の関、路《みち》をかぎり、東に堤を築《きづき》て、秋田にかよふ道遥《はるか》に、海《うみ》北にかまえて、浪打入《うちい》る所を汐こしと云《いふ》。…『おくのほそ道』

芭蕉たちは翌一六日吹浦を発つが、この先の女鹿からは鳥海山から押し出された溶岩が海岸沿いに絶壁を作り、その上に小道が這うように続いている馬も通れぬ難所であった。

女鹿の先が三崎で、南から不動崎、大師崎、観音崎からなり、県境には標高七〇メートルの三崎山がある。

三崎山は鳥海山が噴き出した溶岩で造られた岩山で、この岩場をぬって慈覚大師（円仁）が開削したと伝えられる小道が通っており、この三崎山旧街道は箱根の山より険しく、日本海側の街道随一の難所といわれていた。

旧街道が峻厳な山に狭められているのを幸いに古代の三関の一つ有耶無耶の関が造られたが、成立は不明で遺構も何も残っていないという。

さて女鹿に入ったが、下方が女鹿漁港で日本海は実に静かで浪もほとんどなかった。

女鹿漁港の人の話ではこんな日は珍しく、ひどい時は歩道のある崖っぷちまで波が来るという。

三崎の旧道は、石と石の間に枯葉がたまりそこに馬が足を踏み込むと抜けなくなるので、結果的に曽良のいう馬も通れないということになったらしい。

さて日本海沿いの断崖絶壁の上に架けられたやや恐ろしい感じの歩道を歩き続けた。鳥海山の溶岩が海まで流れ出し、波打ち際は真っ黒な溶岩がゴロゴロの状態であった。途中道下の海岸沿いに群生して咲いているハマエンドウの紫が目を見張るほどに美しかった。

海沿いの不動崎駐車場からいよいよ旧街道に入って行くが、樹齢一〇〇年以上のタブの木やヤブツバキなどが鬱蒼と繁る昼なお暗い細道であった。しばらく行くと不気味なほどに暗い大師森の中、右手の大きな橡の木の下に大師堂（三崎神社）が静かに鎮座していた。

大師堂

説明板によればここは貞観年中（八五九〜八七六）慈覚大師が草庵を結ばれた所で当時境内には二、三の寺院もあったという。

今、左手の暗い森の中を覗いてみると、でこぼこした溶岩の間には幾つもの五輪塔が収められていて何とも不気味な雰囲気であり、三崎山の手長足長伝説が思い出された。

今から一二〇〇年ほど前、三崎山に手長足長という怪物が住み、通る旅人を食べていた。手は鳥海山まで届き、足は飛島までひとまたぎであった。住んでいた岩の洞窟付近には人の骨が散らばり、退治しようと出かけていった武士で帰ってくる者はいなかった。

ところが関所付近の林に三本足の烏が住んでいて、近くに手長足長がいるときは「ウヤ」と鳴き、いないときは「ムヤ」と鳴いたので人々はこれを聞き分けて通るようになった。それ以来この関所を「有耶無耶の関」と呼ぶようになった。

折から来合わせた慈覚大師が退治に出かけ、捕まってしまったが、手長足長は大師の眼力と慈しみの心に負け降参してしまった。

大師は散らばっていた人骨を集め、五輪の塔を建てて冥福を祈った。手長足長が人の骨を食べなくなるとタブの実を食べさせ、大師が三崎を去る時に蒔いていった沢山のタブの実が、今も鬱蒼と繁っているのだという。

旧道の細道は芭蕉当時を偲ばせよく保存されていた。途中カラッと開けた所に出た。象潟町と遊佐町、要するに秋田県と山形県の県境で、見晴らしがよく眼下に三崎公園を見下ろせた。

さてまた鬱蒼と木々が繁る小暗き旧街道の続きに入って行くと、「史跡一里塚跡」の標柱が建ち、すぐ奥にかなり大きな塚があった。

説明板によれば、一里塚は徳川幕府が慶長九年、奥羽その他街道筋諸藩に命じて築かせ、江戸日本橋を起点に三六町（四キロ）ごとに道路の両側に木を植えて標点とした。

旅人達は里数の目標と憩いの場所とし、榎が植えられているこの一里塚は非常に珍しいとあるが、塚には木々が繁りどれが榎か見分けがつかなかった。

この辺りに有耶無耶の関があるらしいのだが見つけられず、再度戻って探したが行き着けず残念ながらうやむやになってしまった。

あとで遊佐町商工観光課に聞いてみると、遺構が何も出ずここと確定ができないので関跡の標柱などは建っていないのだという。

旧道は所々途切れ、茶色の溶岩が海にせり出した三崎公園の崖の上に立つと、あいにくの曇天だが波は静かで目の前に飛島が見えた。

この先は溶岩のでこぼこした細道で高低差が激しく、雨の後で石も、積もった枯葉も滑りやすく危なかった。人々に踏みしだかれて丸くツヤツヤしてしまった溶岩だらけの急傾斜の細道を両手両足で這うようにして上り下りし難渋した。

突然その先がカラッと開け三崎公園の道路に出た。「奥の細道　三崎峠」の太い標柱と左脇に『曽良旅日記』の「一六日　吹浦ヲ立。…塩越迄三リ。」の大きく立派な石碑が建っていた。

振り返って見ると、今出てきた小暗い道を指して「奥の細道」という矢印が建っていた。旧道は慣れぬ道でもあり長く感じたが、歩いて三〇分程だったろうか。

秋田県側に造られた三崎公園は今では芝生広場などキャンプ場や散策ができるようになっており、バス停「三崎公園」からバスで二五分ほどで象潟駅に着いた。

第五部　秋田県にかほ市

江山水陸の風光数を尽して、…

能登屋跡・向屋跡・今野加兵へ宅跡・今野又左衛門宅跡・熊野権現

（羽越本線象潟駅より徒歩三〇分、一・六キロ。象潟郷土資料館。秋田県にかほ市象潟町字狐森三一番地一↓徒歩三〇分、一・八五キロ。能登屋跡。象潟町三丁目塩越一五五↓向屋跡。象潟町三丁目塩越一一九↓嘉兵衛宅跡。象潟町一丁目塩越二一四↓今野又左衛門宅跡。象潟町一丁目塩越二一六↓熊野神社。象潟町字一丁目塩越）

十六日　吹浦ヲ立。…

昼ニ及テ塩越ニ着。佐々木孫左衛門尋テ休。衣類借リテ濡衣干ス。ウドン喰。

所ノ祭ニ付テ女客有ニ因テ、向屋ヲ借リテ宿ス。先、象潟橋迄行テ、雨暮気色ヲミル。今野加兵へ、折々来テ被訪。
十七日　朝、小雨。昼ヨリ止テ日照。朝飯後、皇宮山蚶弥《(満)》寺へ行。道々眺望ス。帰テ所ノ祭渡ル。過テ、熊野権現ノ社へ行、躍等ヲ見ル。…　『曽良旅日記』

一六日は雨が降り続き、大師崎・小砂川・関を経て昼頃象潟湖のある塩越に着いたが、途中関村を通るころはことに強くなり船小屋に雨宿りするほどであった。旅人宿能登屋（佐々木孫左衛門）では衣類を借りて濡れた着物を乾かしてもらい、ウドンを食べて体を温め、ここで泊る予定だった。

しかし熊野権現の祭りで、女客などでごったがえしており、やむなく紹介されて向屋に移り、早速象潟橋まで行って小雨にけむる夕暮れの象潟の光景を見に行った。留守中、名主の今野又左衛門の実弟で俳諧にも興味を持っていた嘉兵衛（俳号玉芳）がたびたび顔を出し芭蕉の帰りを待ちかまえていた。

さて象潟駅に下り立つと、駅広場の右手隅に、昭和四七年建立の文学碑が建っていた。

『おくのほそ道』に「江の縦横《じゅうわう》一里ばかり、俤《おもかげ》松島にかよひて、又異《こと》なり。松島は笑ふが如く、象潟はうらむがごとし。寂しさに悲しみをくはえて、地勢魂《ちせい》をなやますに似たり。」とある象潟は文化元年（一八〇四）六月四日の大地震で地盤が隆起し、現在の島が点在する田園に変じたなどとあった。

表面に蚶満寺《かんまんじ》所蔵の真蹟懐紙を拡大した「きさかたの雨や西施がねぶの花」「ゆふ晴や桜に涼む波の花」「腰長《こしたけ》や鶴脛《はぎ》ぬれて海涼し」が記されていた。

広場の右奥には「象潟や雨に西施がねぶの花」の記念切手二枚組を拡大した奥の細道記念切手碑が建ち、これらの碑はいずれも鳥海山の大きな溶岩の中央に埋め込まれていた。

小さな象潟駅を振り返ってみると、右奥に鳥海山がきれいに見えた。

まず象潟中学校の背後にある象潟郷土資料館に行ってみると、資料館には象潟の成立過程や鳥海山の大物忌神、修験、又「『おくのほそ道』と象潟」などくわしく解り易く展示、説明されていた。

さて資料館から小滝の踏み切りを渡り、国道七号線も渡って旧国道に入った。古街道だけあって左手には小さなお社が幾つもあった。

ちょうど郷社古四王神社の祭礼で、神社の入り口には神輿が準備され沢山の幟旗《のぼりばた》が建っていた。この辺りはあちこちに枝ぶりの良い大きな黒松が目立つ。右手に古峰神社、左手に御蔵《おくら》屋敷跡の説明板が建っていた。

御蔵屋敷には矢島《やしま》藩の年貢米を保管する米蔵と番所が置かれており、当時は隣の本《ほん》隆寺《りゅうじ》までがすぐ海であったので、米はここからハシケという小舟で大澗《おおま》港《みなと》に停泊する大船に積み出されていたという。

近くに木戸跡があり、北側が本荘藩、南側が矢島藩の国境で、警戒のための簡単な門が設けられていたとある。町中にも立派な黒松が生えていて往時の面影を偲ばせた。

右手に向屋跡の説明板が建っているが、今では普通の住居となっていた。振り返って見ると、曲がりくねった旧道の上に雪を被った美しい鳥海山（二二三六メートル）が高く聳えていた。

向屋の向かい側が能登屋跡だがここも今では普通の住居となっていた。

左手向屋跡、旧道後方に鳥海山。

この三～四軒先、左手の象潟公会堂の右手角に大きな「奥の細道」標柱が建ち、芭蕉の一六日から一八日までの行動が簡単に記されていた。

ところで「曽良旅日記」の「加兵へ」は「嘉兵衛」の書き間違いであろうか。

バス停「二丁目塩越」を過ぎ右手へ入ると、この角に嘉兵衛宅と又左衛門宅が逆に標示されていて見落としたかと戸惑った。店の人に親切に教えられ、カラー刷りの「芭蕉街道案内図」をわたされた。

ひまわり幼稚園の斜め向の右手に「奥の細道嘉兵衛の家」の説明板が、さらに角を曲がった右手に「今野又左衛門の家」の説明板が建っている。

嘉兵衛は名主今野又左衛門の名代となりいろいろ世話をしてくれた名主の実弟で、特に一七日の潟巡りには船に茶、酒、菓子など持参し丁重な持て成しをしたとし、また兄の今野又左衛門は一七日の夜には能登屋を訪ね芭蕉主従に象潟の由来や伝説などを語り歓談したとある。

いずれも説明板に「…家」とあるのは、旧家が今も現存しているということなのだろう。但し「…今野又左衛門（現在は金）」とあった。

そのすぐ左手の曲がり口に熊野神社があり、右手の駐車場に塩越城跡の説明板が建っていた。

塩越城は戦国時代の塩越の地侍池田氏の居館塩越館に、江戸初期の大名仁賀保氏が入ったといわれており、城は九十九島《くじゅうく》へ通じる堀が設けられ、前方に日本海、後方に九十九島と鳥海山を望む絶景の立地であったという。

さて郷社熊野神社の鳥居が小暗い木叢の下に建っていた。芭蕉達が訪れた「所ノ祭」とはこの熊野神社の祭りで、今では例大祭は五月一八日で古四王神社と同日であり、「象潟の祭り」として町を挙げて盛大に行われているという。

石畳を上り、次いで石畳を下りて行くと、正面に神社があった。全体的にうらさびた感じであった。

神社を出たその先に朱塗りの欄干橋があった。欄干橋に立って見るとはだらに雪を被った鳥海山が頭の上にかすかに雲をかけておおらかな姿を見せていた。

ここから九十九島の点在を前景にして眺める鳥海山は、象潟八景の一つとして素晴らしい光景であったのだろう。

最初の橋は慶長八年（一六〇三）に架けられたとあり、芭蕉達も到着した一六日に「象潟橋迄行テ、雨暮景色ヲミル」のみならず、「十八日　快晴。早朝、橋迄行、鳥海山ノ晴嵐ヲ見ル。」と快晴下の鳥海山をも愛でている。

この欄干橋の後方海側に船つなぎ石があり、「左右往還」と刻まれたのだろうか、土地の道案内文字の一部がかろうじて読み取れた。その背後に船に乗って島巡りに行く石段の降り口がついていた。ここから芭蕉達は船に乗り島巡りを楽しんだのであろう。

道は相変わらず曲がりくねった古道で、そこから国道七号線へ出ると右手が蚶満寺であった。惜しいことに付近の黒松が枯れ初めている。

左手に道の駅「ねむの丘」が見えてきた。七階の展望室から九十九島、鳥海山、遠く飛島、男鹿半島を望めるという。

この夜の宿の食事にサクラマスの塩焼きがでた。お祭りの時この地方で食され、今が一番美味しい時なのだと主が誇らしげにいう。

しかし芭蕉当時の塩越の熊野権現の祭りには魚肉は摂らなかったそうだから、それでは折角の祭りにどんな料理を食べるのかと「象潟や料理何くふ神祭　曽良」ということになったのだろう。

象潟《きさかた》

（蚶満寺《かんまんじ》。秋田県にかほ市象潟《きさかた》町字象潟島二番地→徒歩一二分、〇・七五キロ。弁天島。象潟町字塩焼島七番地・八番地→奈良島。象潟町字塩焼島六〇番地一、六〇番地二→徒歩二五分、一・七キロ。能因島《のういん》。象潟町字能因島一三番地→徒歩一〇分、〇・六キロ。象潟駅）

…其朝《そのあした》天能霽《てんよくはれ》て、朝日花やかにさし出《いづ》る程に、象潟に舟をうかぶ。先能因島《まづのういんじま》に舟をよせて、三年幽居の跡をとぶらひ、むかふの岸に舟をあがれば、「花の上こぐ」とよまれし桜の老木《おいき》、西行法師の記念《かたみ》をのこす。江上《かうしやう》に御陵《みささぎ》あり。神功后宮《じんぐうこうぐう》の御墓と云《いふ》。寺を干満珠寺《かんまんじゅじ》と云。此処《このところ》に行幸《ぎやうがう》ありし事いまだ聞《きか》ず。いかなる事にや。此寺《このてら》の方丈《はうぢやう》に座して簾《すだれ》を捲《まけ》ば、風景一眼《いちがん》の中《うち》に尽《つき》て、南に鳥海、天をさゝえ（へ）、其陰《そのかげ》うつりて江《え》にあり。西はむや〳〵の関、路《みち》をかぎり、東に堤を築《きづき》て、秋田にかよふ道遥《はるか》に、海《うみ》北にかまえ（へ）て、浪打入《うちい》る所を汐こしと云《いふ》。江の縦横《じゅうわう》一里ばかり、俤《おもかげ》松島にかよひて、又異《こと》なり。松島は笑ふが如く、象潟はうらむがごとし。寂しさに悲しみをくはえ（へ）て、地勢《ちせい》魂をなやますに似たり。

象潟や雨に西施《せいし》がねぶの花
汐越や鶴《つる》はぎぬれて海涼し

祭礼

象潟や料理何くふ神祭　　曽良

蜑《あま》の家《や》や戸板を敷《しき》て夕涼《ゆふすずみ》　　みのゝ国の商人　低耳《ていじ》

岩上《がんしやう》に雎鳩《みさご》の巣をみる
波こえぬ契《ちぎり》ありてやみさごの巣

曽良
『おくのほそ道』

「象潟」とは象の鼻のような形をして潟の一部が海に切れていたこと、また、浅瀬で蚶《きさ》という貝が獲れたことなどから蚶潟、象潟と付けられたという。塩越は「象潟」の一部、入り江の口辺りの名で、海につながっていて海水が自由に出入りしたことに由来するらしい。

象潟郷土資料館によれば、かっては象潟は海だったが、二五〇〇年前鳥海山が崩壊して土砂が海に流れ込み沢山の島ができあがったという。

次第に砂州ができて淡水と海水が混ざった汽水湖＝象潟湖が出来上がり、東西約一・五㌔、南北五㌔にわたり九十九島、八十八潟の景勝となり、島々には松が繁り南東の鳥海山を借景に風光美をうたわれ、松島と並んで奥羽の二大名勝とされていた。

出羽の国にまかりて象潟といふ処にてよめる　能因
世の中はかくてもへけり象潟やあまのとまやを我が宿にして　『御拾遺和歌集』

とあるので、能因は象潟にも来たのだろうが、三年幽居というのは伝説らしい。

きさがたの桜は波にうづもれてはなの上こぐあまのつり舟　西行

また西行が象潟に来たことも、この歌を西行作と確認することもできないのだが、土地の人々にはそう信じられてきたようである。

能因と西行がこのように詠んだとされてから、「象潟」は文人墨客の憧れの地となり、文人ならば暮色の象潟に舟を浮かべ、酒など酌み交わしながら句や詩を作るものとされていた。

さて『曽良旅日記』によれば「夕飯過テ、潟へ船ニテ出ル。加兵衛、茶・酒・菓子等持参ス。帰テ夜に入、今野又左衛門入来。象潟縁起等ノ絶タルヲ歎ク。翁諾ス。弥三良低耳、十六日ニ跡ヨリ追来テ、所々へ随身ス。」と、この土地なりのもてなしもされているのだが、芭蕉達はまず能因と西行の感動に素直に触れたくて早朝から象潟湖に船出した。

まず九十九島の一つ能因島に出かけ、次いで向こう岸の蚶満寺のある島に上がって、「花の上こぐあまのつり舟」と西行が詠んだという桜の老木を見た。水辺に神功皇后のお墓といわれている御陵があって、皇后が持っておられた千珠万珠にちなみ、ここの寺を干満珠寺というと聞くのだが、皇后がこの寺に行啓なされたということはまだ聞いたことがないし、どういうことなのだろうか、と芭蕉は首をひねっているのである。

さて芭蕉達は、寺の表座敷に座り簾を巻き上げて眺めると、風景が一眸《いちぼう》のうちに見渡され、南のほうには鳥海山が聳え、其の姿が象潟にうつっている。

西にはむやむやの関が道路を遮り、東の方には堤を築いて、秋田に通じる道が遠く続き、北には日本海があり、その波が入り江に打ち入るところを洒落て「汐こし」とよんでいる。

湾の縦横は一里ばかりで、その様子は松島に似ているようだが感じが違い、太平洋側の松島は笑っているようで明るいが、日本海側の象潟は寂しいうえに悲しい感じが加わっていて、西施のような美人が心に憂いを抱いているような趣がある、という。

ところで、世界の美女というと、褒姒《ほうじ》、妲己《だっき》、驪姫《りき》、西施、貂蝉《ちょうぜん》、王昭君、楊貴妃など挙げられるが、芭蕉は何故、象潟を西施にたとえたのだろうか。

中国の春秋時代の末期、「呉越《ごえつ》の興亡」といわれるほどの争いを呉・越の両国はしていたが、越（今の浙江省）王の勾践《こうせん》は会稽《かいけい》で敗れると国の美女西施を呉王に献じ、呉王の心を乱し政策を怠らせようとした。

西施は越の国のためならと呉国に行き献身的に呉王に尽くし、呉国が滅び会稽の恥をすすぐと、越国では愛国精神を具えた天下第一の美女として讃えられたという。

国のためとはいえ敵国に身をささげた悲劇の美女西施を芭蕉は松島に比べ「うらむがごとし」という象潟の風景に似通うものとして取り上げ「象潟や雨に西施がねぶの

花」ができあがった。

ところで皇宮山蚶満寺は、延暦年間（七八二～八〇六）に比叡山延暦寺の慈覚大師円仁が開山したといわれ、初めは天台宗だったが真言宗、さらに曹洞宗へ改宗したという。

「蚶満」の名の由来はこのあたりを古くは「蚶万」と書き、寺名も「蚶万寺」であったが、いつのころからか「蚶満寺」と読み間違えるようになったのだという。

正嘉《しょうか》年間（一二五七～五九）北条時頼が諸国行脚の途中この寺に立ち寄り、「干満寺」と改めたという。この干満の字が神功皇后伝説にある「干満珠寺」を連想させるところから「干満珠寺」とも呼ばれたといい、芭蕉はこの名を使っている。

「蜑《あま》の家《や》や戸板を敷《しき》て夕涼《ゆふすずみ》　みの、国の商人　低耳《ていじ》」はこの辺りの漁村では夕方海辺に戸板を敷いて涼んだという。低耳は岐阜長良の、広く各地をめぐる行商人宮部弥三郎で、以降芭蕉に北陸道の宿泊先を紹介している。

ところで象潟は海に向かって一部が切れているところから、砂が入り込み潟がしだいに浅瀬となり畑に変わっていったのだが、芭蕉が訪れた翌年の元禄三年（一六九〇）には、象潟の名勝を残そうと、二万石どりの六郷藩《ろくごう》により、島々や蚶満寺付近に畑を作ることが禁止された。

しかし文化元年六月、鳥海山の噴火による大地震で陸地が一・八メートル隆起し、象潟の水が引いてかっての島は丘となってしまった。

小大名の六郷藩は藩収入の足しにしようと文化三年から島つぶしの新田開発を始めたが全部をつぶすことはせず、六〇程の旧島が残された。

現在では新・奥の細道九十九島コースとして一周約一・七キロ、三〇分ほどの回遊コースが作られているとある。

さて、所によっては激しく降ったり雷雨になるという早朝、道の駅「ねむの丘」七階の展望室へまず行ってみることにした。

頭にやや雲を被った鳥海山の麓の、水を張られた水田の中に、やや元気をなくした幾つもの小さな丘、かつての海に浮かんだ島々が、松をそれぞれに好みの姿に立たせ、直立するものあり、枝をやや撓《たわ》めたもの、二本の木が戯れているようなもの、ずっしりとした幹に緑のつるを絡ませた松などに彩られて、静まりかえっていた。

芭蕉のころは海の中に浮かぶ島々であったから鳥海山を背景に美しい風景であったろう。

鳥海山の山すそは大きく長く引かれ、西の海上には小さな舟のように飛島が見えたが男鹿半島は望めなかった。南西側を望むと海際まで溶岩が流れ出した態が伺え其の先は海であった。

さてガソリンスタンドの脇を入り、蚶満寺踏切を越えるとすぐ蚶満寺であった。

広大な境内に入ると、案内図があり、左のわき道に入ると一途に伸びきった太い黒松の下に芭蕉像が建ち、左脇下に「象潟の雨や西施かねふの花」句碑が建っていた。

その向かい側の西施碑には、舟に乗る西施の絵が嵌《は》め込まれ、碑の前の池には杜《か》若《きつばた》の紫の花が一際鮮やかに咲いていた。

松ぼっくりが沢山落ちている中を行くと旧参道に出た。右正面に山門、左手の田の中にかっての九十九島が松や木叢を繁らせていた。

蚶満寺山門

山門は象、獅子、人などの彫刻が施され、左右に大きな目玉の仁王がおわした。

山門を入って右手の地震供養六地蔵の前を通り、石畳の道を右に折れていくと、左手石垣の上に異変を予告してこれまで何度か夜鳴きしたという樹齢七〇〇年という夜鳴きの椿が空に枝葉を広げ古木の威容を見せており、其の前に大きな三界萬霊石碑が建っていた。

さらに行くと本堂で、その右手にはバショウが青い新芽を出していた。

本堂の渡り廊下の下を潜り史跡庭園に入り、木々のむき出しの根を跨《また》ぎつつ島の東側端に出てみると、舟つなぎ石がやや左に傾ぐ形で残っていた。ここに芭蕉たちは上陸したのであろうか。

前方は今は田で、すでに早苗が植えられており、田の合い間合い間に幾つかの小さな丘が見晴るかされるが、かつては海であったろうから、松の繁る島々を眺めつつこの海の中を人々が遊んだ光景が偲ばれた。

船つなぎ石の左奥に、西行法師の歌桜の若木が海に傾く形で立っていた。その向かいに猿丸太夫姿見の井戸がある。富裕層の人々が遊女を連れ島に上がって、しじみや魚を料理して食べ楽しんだのだろう。

木々の間に沢山の観音碑が海に向かって祀られ、舟で上陸する人々を向かえ守るようであった。

さて道を戻る感じでさらに行くと杉、椿、藤、つつじ、山桜、もみじ、また右手には樹齢一〇〇〇年という亜熱帯植物のタブの木（犬楠）の大木などが枝を広げ、向かい側には、江戸時代九州島原の西方寺から移されたという一風変わった親鸞聖人の腰掛石があり、その先に正嘉元年（一二五七）に寺領を寄進した北条時頼公の見事な躑躅があった。

タブの木の右下に出世稲荷が祀られ、木の左側の石段の上に「象潟の雨や西施がねぶの花　芭蕉翁」、裏面に宝暦一三年（一七六三）、芭蕉七〇回忌を記念して建立されたと記されていた。

稲荷堂の右脇の、大きなモチの木の三米《メートル》程の高さのところには、下ろしても登ってしまうという小さな木登り地蔵が祀られていた。

こんな小さな島に多くの見せ場があり驚くが、かつて松島と並び奥州の二大名勝と言われた名残なのであろう。雨がひどくなってきた。

さて旧参道から右手に木の繁る弁天島が見えた。正面が弁天島左が奈良島で、右奥に蚶満寺の島が見えた。

弁天島は大きい島で、農作業をしている人に聞くと象潟の米は「ひとめぼれ」で、五月の連休ごろ田植えをし、収穫は九月という。

松が数本しか生えていない奈良島の高台に雉が一羽こちらを見ていた。雄の雉だろうか、道に出てきてその先にいる雌を追っていった。カラッとした島で番《つがい》の雉が何羽もいて、ケーンケーンと鳴いては飛んだ。

田の側溝から大きな鯰《なまず》が波紋を立てながら出てきたが番なのか、二匹があっという間に土中に潜った。

能因島

弁天島も奈良島も登りたくても登れそうもなかった。

次いで三メートル程の象潟川を渡った。鴨や鴛鴦のいる川に沿って歩いて行くと、田の草取りをしている女性が黒いハンコウタンナを着けていた。聞いてみると日焼け止め、汗止めになるが、若い人は着けない人が多いという。

突き当たりを右へさらに左へ行くと、左手に能因島が見えてきた。

能因島はさっぱりと整理され、二《ふた》かかえ程の一〇本位の黒松が東方へ幹も枝も傾げて立っていた。島に上ってみると「能因島」の小さな石柱が西南に向かって建ち、一段高いところに上ってみると島の高さは一〇メートル位はあるだろうか、東南方に鳥海山が見え、稲田の中に小さな島と思しき小丘が散在していた。

さて白山堂踏み切りを越し正面十字路を左へ折れ、象潟小学校から左へ線路沿いに歩いた。右手の小さな古四王神社にも祭礼の幕が飾られていた。羽後交通象潟営業所前を通り象潟駅についた。

第六部　山形県鶴岡市

遙々のおもひ胸をいたましめて…

大山

（鶴岡駅より善宝寺経由湯野浜行きバスで「善宝寺」下車→善宝寺。山形県鶴岡市下川《しもかわ》字関根《せきね》一〇〇→タクシー一五分。羽前大山駅）

酒田の余波《なごり》日を重《かさね》て、北陸道《ほくろくだう》の雲に望《のぞむ》。遙々《えうえう》のおもひ胸をいたましめて、加賀の府まで百卅里と聞《きく》。鼠《ねず》の関をこゆれば、越後の地に歩行《あゆみ》を改《あらため》て、…

『おくのほそ道』

十八日　快晴。早朝、橋迄行、鳥海山の晴嵐ヲ見ル。飯終テ立。アイ風吹テ山海快。暮ニ及テ、酒田ニ着。
一　廿五日　吉。酒田立。船橋迄被レ送。袖ノ浦向也。不玉父子・徳左・四良右・不白・近江や三郎兵・かゞや藤右・宮部弥三郎等也。未ノ尅、大山ニ着。状添テ丸や義左衛門方ニ宿。夜雨降。

『曽良旅日記』

芭蕉たちは象潟から酒田に戻って七泊後の二五日に、多くの俳諧仲間に送られて浜街道を西にとり、その日は宮部弥三郎の紹介状で宿場町大山に泊まった。

一〇日間も滞在した尾花沢では連句会は一度も開かれなかったが、広く諸国を相手にした酒田の豪商たちは談林風に留まらず、新しい蕉風に対する興味も関心も強かったのであろう。

大山には豊川の妙厳寺、小田原の最勝寺と共に曹洞宗三祈祷所の一つとして有名な竜沢山善宝寺があり、古くから漁師、船乗りなど海上生活者の信仰を集めており、今でも東北地方を始め、関東、信越、北海道方面から大漁豊年祈願や海上安全のために訪れる人が多いという。

また大山は米どころ庄内平野の酒造地で、かつては三〇数軒の酒蔵があり、東北の酒の名産地としても知られていた。

しかし芭蕉も曽良も何も記してはいない。

善宝寺山門

さて鶴岡駅からバスに乗り「善宝寺」で下車すると、左手に幾つもの伽藍が左右に立ち並ぶ壮大な善宝寺があった。

寺の前が善宝寺鉄道記念館で隆盛を極めていたころはここまで鉄道が通っていたのだろう。酒田からの旧道は寺の前を曲がりくねっていく。

さて寺の総門は今日は工事中で通れず、古杉の並ぶ参道を行くと左手に五重塔、右に羅漢堂が建ち、堂々たる構えで圧倒されるほどの総欅造りの山門には、右の毘沙門尊天、左の韋駄天が通路に向かい向き合っていた。

山門の左手奥に、大きな石の弥勒が大屋根の下に祀られていた。階段を上って行くと祈祷場である本堂があり、その奥にある大龍王と大龍女を祀る黒と茶で仕上げられた亀甲葺権現造りの龍王殿は、その重厚さに不気味さを感じるほどであった。

背後に竜神の棲家といわれる貝喰池《かいばみ》があるというが時間がなかった。

寺に頼みタクシーを呼んでもらった。途中運転手さんの話では悪者を退治した犬（めっけ犬）を祀っている椙尾《しぎお》神社の祭りがこの辺では盛んだという。

また水が良いので酒、漬物、醤油、味噌を作る店が多いという。窓から眺める旧街道沿いの大山の町は静かで清潔感があり、善宝寺から歩けば良かったと後悔してもあとの祭りであった。

予想以上に早く小さな羽前大山駅に着いてしまった。ここから羽越本線に乗り五十《いら》川《がわ》を目指すのだが、駅前は鶴岡大山工業団地分譲中の旗がはためき、その野原では雲雀が盛んに鳴いていた。

立岩《たていわ》

（羽越本線羽前大山駅より五十川《いらがわ》駅下車。おばこおけさライン徒歩五〇分、三・三キロ。塩俵岩。山形県鶴岡市温海《あつみ》字雨池《あまいけ》三〇八の一↓徒歩一〇分、〇・三キロ。立岩《たていわ》。鶴岡市温海↓徒歩一時間、三キロ。温海温泉駅）

廿六日　晴。大山ヲ立。…大山ヨリ三瀬へ三里十六丁、難所也。三瀬ヨリ温海へ三リ半。此内、小波渡・大波渡・潟苔沢ノ辺ニ鬼かけ橋・立岩、色々ノ岩組景地有。未《ひつじ》ノ剋、温海ニ着。…

『曽良旅日記』

曽良によれば、大山から難所の一二キロほどの道を通って海岸の三瀬《さんぜ》に出て、海浜沿いに小波渡《こばと》、堅苔沢《かたのりざわ》、五十川へと進み、途中鬼かけ橋、立岩などいろいろの岩がそそり立つ景地を通り午後二時前後に温海に着いたという。

大山から羽越本線に乗り五十川駅で降りたが、駅前に出たとたん、突然の日本海の怒濤《どとう》にみまわれ、一瞬たじろいた。

目の前の海はドドーンと高い波濤を立てていた。通りがかりの人の話では、今は藤の花だが、五月下旬から六月にかけて岩肌に咲く一五センチほどの赤い岩ゆりの花がきれいだという。

ここからは海沿いの道、国道七号線を行くことになるが、新潟まで一二三キロ標示が建っていた。前方右手に大きな岩が見えるのが立岩なのだろう。漁師の家々が遠くに一望でき、標示板に「只今の気温　一〇度」とあった。

バス停「鈴漁港前」を通るが、「ウニ、サザエ、イカ、タコ、ワカメなど禁漁」という漁業権侵害禁止の立て札が建っていた。さて道路沿いの山際の民家の間の細い階段に座り昼食を摂った。

ところで五十川駅前からも見えていた立岩は、見えたり見えなくなったりでなかなか行き着かず、山際には山ウド、スカンポ、よもぎ、どだしば、にがな、黒松などが繁っていた。

「七号線、新潟まで一二一キロ、暮坪」表示が建ち、左手の山道を上がっていくのだろうか、山際に「日本海（佐渡・粟島）と夕日がみえる山形県棚田二十選認定地暮坪」

塩俵岩

案内図が建っていた。

海沿いには「名勝　塩俵岩」の石柱が建ち、俵を積み重ねたような大きな巌が三箇所ほど陸沿いの海中に立ち、砕けては散る波しぶきが冷たかった。その右手の二本の黒松の間に大きな「あつみ山や吹浦かけて夕涼み」芭蕉句碑があった。

さて「立岩海底温泉」とある建物の駐車場の南端に行ってみると正面に、二キロ先の五十川駅から見えていた立岩が陸沿いの海の中に聳え立っていた。

見上げると列車は山のかなり上の方を走っている。バス停「塩俵岩」を過ぎたころ、チャチャチャチャチアチアとウミネコが鳴き、白鶺鴒《はくせきれい》がさかんに行き来した。

「新潟一二〇キロ、村上五九キロ」標示が建つあたりでようやく行き着いた立岩は、大きな巌が垂直に立ち、頂の木々は初夏の芽吹きで黄緑が美しかったが、その足元では巌に砕ける波濤がゴウゴウと鳴っていた。近くに「山形県指定、天然記念物　マルバシャリンバイの自生地」とある。

「あつみ温泉　五キロ」標示が建ち、バス停暮坪、米子《よなご》を過ぎ、さらに行くと、三〇〇メートル先で温海温泉方面へ左折する別れ路が標示されていた。

温海《あつみ》

（羽越本線温海《あつみ》温泉駅よりバスで「温海温泉神社前」下車。徒歩一〇分　〇・三キロ。熊野神社。山形県鶴岡市湯温海《ゆあつみ》）

…未ノ尅、温海ニ着。鈴木所左衛門宅ニ宿。弥三良添状有。少手前ヨリ小雨ス。及暮、大雨。夜中、不止。

『曽良旅日記』

七号線の温海温泉方面への別れ路にきたが、芭蕉たちが弥三郎に紹介されて宿泊した鈴木所左衛門宅が、七号線沿いか温海温泉への道筋か分からず急遽《きゅうきょ》、温海町の企画観光商工課に尋ねるはめとなった。

別れ路から温海温泉の方へ入って五分ほど行った左手にスーパーがあり、その角と教えられた。

温海温泉の入り口は、丘を切り崩して今の道路を造ったのだろうか。右手の高いところに湯殿山、熊ヶ嶽、庚申など一〇程の石碑が建っていた。

さて左手の小さなスーパーの隣に「奥の細道芭蕉宿泊の家」の木柱が建ち、脇に「温海町　山形県奥の細道観光資源保存会」とあった。

現在も表札は「鈴木惣左衛門」とあり、立派な個人宅が建っていて、家の前の浜温海の道は昔の道らしく、くねくねと曲がりくねっていた。

静かで小ざっぱりした町で、自生地というマルバシャリンバイの植え込みが多く、右は海、左は山添で山の下を線路が走っていた。

廿七日　雨止。温海立。翁ハ馬ニテ直ニ鼠ケ関被趣。予ハ湯本へ立寄、見物シテ行。半道計ノ山ノ奥也。今日も折々小雨ス。及暮、中村ニ宿ス。　『曽良旅日記』

芭蕉と曽良はここで初めて別行動をとった。

芭蕉は馬で海岸の道を行き、曽良は温海川に沿って半里ほどの湯温海へ向かい、二人は中村で落ち合った。

貞享初年ごろ（一六八四〜）芭蕉について俳諧を学び芭蕉庵近くに住んで、芭蕉をして「君火をたけよき物見せん雪まるげ（貞享三年）」と曽良に対し親愛の情を歌わしめた二人の仲も、三月二七日（新暦五月一六日）に江戸を発ち、白河関、松島、平泉、尾花沢、羽黒山・酒田、そして六月二六日のこの温海と八〇余日の間、昼夜を問わず行動を共にしていれば、互いに少し離れて息抜きをしたくなるのも自然かもしれない。

温海温泉は古く弘仁二年（八一一）弘法大師発見説があるが、嘉禄二年（一二二六）温海嶽の鳴動で河中に温泉が湧き出し、海にまで流れ出して海水を温かくし、湯治養生を求める人が増え、湯屋が成立した。当初七軒ほどだったが、元和八年酒井氏の入国以来湯村（温海温泉）を藩の湯治場とし、湯治奉行などを置いて温泉開発に尽力した。一八〇〇年代には四〇数軒あったというが、今では一一軒という。

熊野神社は温海嶽の頂上にあるが、麓でもお参りできるという。温泉街の東端の丘の上に神社があり、鬱蒼の木叢の間の石段を半分ほど上った左側のもみじの下に、芭蕉が湯温海に立ち寄らなかったことを残念がって温海の人々が建てた、「芭蕉翁」の「芭」の部分がなくなってしまった供養碑があった。

背後に見えるのが温海嶽だろうか、赤松や欅、公孫樹の若葉に満ちたひろびろとした境内からは西側に旅館が、右下にバラ園が見下ろせた。

バラ園の噴水のところが昔は土俵で奉納相撲をし、バラが植えられているところが観覧席であったという。

温海川にかかる若月橋を渡った左手の川沿いに与謝野晶子の歌碑「さみだれの出羽の谷間の朝市に傘してうるはおほむね女」が建っていた。

古い温泉地のわりに、きれいに整備されているのは大火にあったせいだろうか。湯量も軒数が少ないだけ豊富なようで、源泉が熱いのでうすめているようである。
宿の窓いっぱいに大きな温海嶽が見えた。

鼠《ねず》の関《せき》

（羽越本線鼠ヶ関《ねずのせき》駅より徒歩三分、〇・二キロ。念珠《ねんじゅ》の松庭園。山形県鶴岡市鼠ヶ関乙八六の隣→徒歩三〇分、〇・六キロ。曹源寺《そうげんじ》。鶴岡市鼠ヶ関甲三四六→徒歩一五分、〇・四キロ。近世念珠関《きんせねんじゅせき》跡。鶴岡市鼠ヶ関甲二四六「民宿御番所　地主」隣→徒歩二五分、〇・九キロ。義経ゆかりの浜碑→徒歩三〇分、〇・六キロ。義経上陸の地碑→徒歩一〇分、〇・五キロ。県境碑、古代鼠ヶ関址・同関戸《せきこ》生産遺跡。鼠ヶ関丙四五の一と四七の二の間）

…鼠《ねず》の関をこゆれば、越後の地に歩行《あゆみ》を改《あらため》て、越中の国一ぶりの関に到る。
『おくのほそ道』

廿七日　雨止。温海立。翁ハ馬ニテ直ニ鼠ケ関被趣。…
『曽良旅日記』

芭蕉は曽良と別行動をとり、馬に乗って海岸の道を行き鼠ヶ関を通過した。

この鼠ヶ関だが古代の関址と近世の関址と二ヶ所あるという。

一三〇〇年ほど前、この辺りは蝦夷の住居地で、蝦夷を防ぐ関所鼠ヶ関が、白河の関・勿来の関と共に奥羽三関の一つとして造られ、東北地方開拓の中心となった。そして和銅五年に出羽の国が造られた。

三関のある出羽国も陸奥国も東山道に属していたが、白河の関は東山道中最北の陸奥国の入口であったため最も重要視されていた。

蝦夷征伐の地が北に移るにつれ、陸奥が次第に開発され、その珍しい産物が都への土産にもてはやされるようになると、白河関は「陸奥の入口」として記憶されるようになり、代々の歌人たちに文学的地名として詠まれる「歌枕」の地として有名になっていったが、他の二関はたんなる街道通過の関門にすぎなくなっていった。

一方、慶長年間（一五九六～一六一四）から明治五年（一八七二）まで設置されていた近世の関所は「鼠ヶ関御番所」と呼ばれていた。

延宝二年や弘化三年（一八四六）の絵図によると街道には木戸門があり、門に続いて柵が建てられ、番所の建物は茅葺平屋建てで、屋内は中央が取調所、両側に役人の上番、下番の控え室があった。

この番所は沖を通る船の監視や、港に出入りする船の取り締まりもしていたという。芭蕉が通ったのは当然「鼠ヶ関御番所」であるが、奥羽三関の一つである鼠ヶ関への関心は白河関に比べ遥に低かったといえる。

心許《こころもと》なき日かず重《かさな》るまゝに、白川の関にかゝりて旅心《たびごころ》定《さだま》りぬ。『おくのほそ道』

芭蕉にとっても、歌枕である「白河の関」に入ったという確信によって「旅心定まりぬ」、要するにこの旅に徹する心がついたという「白河の関」の位置づけに対し、「鼠の関」に関しては「鼠《ねず》の関をこゆれば、越後の地に歩行《あゆみ》を改《あらため》て」と実に淡々とした表現にとどまっていることでもうかがえる。

いずれにせよ古代と近世の二つの関址を訪ねてみたいと思った。

鼠ヶ関駅より左へ折れると、すぐ右手に念珠の松庭園があった。まるで白砂の上を這うように樹齢四〇〇年の念珠の松が春の新芽を吹き頭をもたげていた。臥龍松の一型で、匍匐《ほふく》幹が屈曲しないで直線状でわずかに斜上しているのが特色という。

次いで蓬莱橋を渡り右へ折れ、国道七号線を渡り鼠ヶ関製氷を右折して行くと曹源寺で、本堂建物の裏手に山形県指定天然記念物の大きな二本のヒサカキが立ち、その一本一本が、実は足元からの五本立てで、年代を象徴してか曲がりくねり絡みあって異様な風体《ふうてい》を見せていた。

戻って氷屋の前を真っ直ぐ行き羽越本線の線路の下を潜っていくと国道七号線沿いに近世の関址があり、関址の門が復元されていた。

奥に入っていくと「史蹟念珠関址」の大きな石柱が建ち、側面に「内務省」と彫られていた。関所の呼び名は、もともとは「鼠ヶ関」であったが、仏教の影響を受けて「念珠関」となったともいわれている。藩政時代に庄内藩が設けた関所は何度も移動したともいうが、どうなのだろう。

次いで国道七号線を渡り、義経一行が平泉へ赴く際上陸したという弁天島を目指した。

鼠ヶ関川を弁天橋で渡るのだが一三〇羽もの鴎が橋下で休んでいた。海は静かで寄せては返す波の音だけが聞こえてくる。

途中のフイッシュセンターではアカラという魚を焼いたり、イカを焼いたりして観光客を誘っていたが、センターのおばさんは、浜で天日干ししている魚をねらい低空飛行してくる鴎の大群を追い払うのに躍起《やっき》であった。

その先の遊歩道を行くと弁天島で、行き止まりの厳島神社の境内に「義経ゆかりの浜」碑が建っていた。

文治二年（一一八六）、兄頼朝に追われた義経一行は、京の都から琵琶湖を渡り、幕府の監視が手薄だった北陸道を選んで越前、越後と日本海の海岸伝いに馬を走らせたが、新潟県村上市で切り立つ断崖に遮られ、船で鼠ヶ関まで行くように勧められた。

やって来た義経一行に同情した関所の役人の世話で、旧家五十嵐治兵エ宅で長旅の疲れを癒した義経らは、三瀬、清川、瀬見から亀割山を越えて藤原秀衡のいる平泉への逃避行を続けた。

藤原長成の後妻となった母常盤のゆかりから、要するに長成の従兄弟の子である基成が陸奥国国司となり、陸奥国が気に入ってそのまま居つき、娘を藤原秀衡の正妻としていたところから、義経と秀衡は遠い縁があった。

義経は鞍馬寺を脱走した後、金売吉次に伴われ平泉に入り、治承四年（一一八〇）頼朝の挙兵を知り参戦のため平泉を出て行くまでの青春時代の六年間を過ごしていた。


遥に霞んで見える日本海沖から義経はこの鼠が関に入ってきたのだろう。

海沿いの弁天島遊歩道を歩いて行くと、ハマエンドウが鮮烈な紫の花を沢山つけ、美しい花畑をなしていた。

道路沿いに行くと「源義経上陸の地」碑が、鼠ヶ関マリーナの向かい側に建っていた。

その少し先の鮨処朝日屋手前の横道を左へ入り、線路沿いの道を行くと右手に「古代鼠ヶ関址および同関戸生産遺跡」石柱が、道の曲がり角の消防用施設の敷地の中にあった。

古代鼠ヶ関址および同関戸生産遺跡

説明板によればこの遺跡は山形県の鼠ヶ関と新潟県の県境にまたがって存在し、昭和四三年（一九六八）の山形、新潟両県県境の発掘調査で、古代関所址の遺跡、柵列址、建物址、須恵器窯址、製鉄址、土器製塩址が地下一メートルほどの処に埋蔵され、関所の軍事施設と高度の生産施設を持つ村の形態を備え、平安中期から鎌倉初期の一〇世紀から一二世紀にわたるものといわれているとある。

以来、近世の関所址を「近世念珠関址」とし、この「古代鼠ヶ関址」と区別することにしたという。

ここを出てバス通りに向かうと、バス停「伊呉野」の手前に「右新潟県　左山形県」の境標柱が建ち、側面には「新潟県村上土木出張所建之」「昭和三三年三月建立」とあった。境標柱正面の道路上に黄色い線が引かれ、左右に新潟県、山形県と記され、両県を跨ぐ形で足型がしるされていた。

この県境標柱から六軒ぐらい山形県寄りの右側、大谷石の塀を廻らし、見越しの松が見事な大きな家が五十嵐氏宅であった。義経一行が世話になったなどの説明板は何もなかったが、周辺の人に聞いてみると皆、五十嵐宅のそのいわれを知っていた。

あとがき

今回も『おくのほそ道』のテーマに沿い、芭蕉の『おくのほそ道』、曽良の『曽良旅日記』を軸にしながら、参考となる史蹟もまじえて二二章にわたり書いてみた。『おくのほそ道』の全行程一五〇日余のうち、山形県内の四〇日が格別に多いことは既に述べたとおりである。

太平洋側の歌枕、名所、旧跡、古い伝説や習俗を訪ね歩くことで、能因、西行を始めとする先達たちの詩心に直接触れると共に、旅により研ぎ澄まされた自分の感性、理性により、自分の言葉でそれぞれの土地の特性を表現することで、「俳諧独自」の新境地を見出せるのではないかと切望しての旅であったから、「不易流行」ということに思い到ったときの達成感は、まさに至上の悦びであったに違いない。

芭蕉にとっての山形、秋田の旅は、羽黒山、月山、湯殿山の三山巡礼の「死と再生」

の儀礼に、自分自身の俳諧の再生を重ね合わせた旅となったとも考えられるのではなかろうか。

象潟を歩くことで、奥羽の旅の目的はひとまず達成されるということともあいまって、山形県内と象潟の章には明るく心地よい緊張感と高揚感が感じられる。

さて旅をするにあたり、各地の市町村役場、教育委員会、資料館、宝物館、観光協会の方々から資料や案内図面などお送りいただくとともに、行く先々で多くの方々のお世話になり、今回もまた芭蕉のいう旅の醍醐味「自然と人の実《まこと》」に触れ、感動する旅となった。

出版にあたっては、引き続き歴史春秋社の植村圭子さん、渡部恵美子さんに大変お世話になった。

心より皆様にお礼を申し上げます。

平成二五年一〇月

田口恵子

参考文献

『奥の細道の旅』久富哲雄　三省堂
『古道紀行　奥の細道』小山　和　保育社
『芭蕉はどんな旅をしたのか』金森敦子　晶文社
『奥の細道』山本健吉　講談社
『奥の細道を旅する』ＪＴＢ
『芭蕉「おくのほそ道」の旅』金森敦子　角川書店
『「奥の細道」を歩く』山と渓谷社
『おくのほそ道　全訳註』久富哲雄　講談社
『「奥の細道」を読む③出羽路』麻生磯次　明治書院
『歌枕とうほく紀行』田口昌樹　無明舎出版
『羽州街道をゆく』藤原優太郎　無明舎出版
『最上川と羽州浜街道』横山昭男編　吉川弘文館
『芭蕉文集』富山奏校注　新潮社

『芭蕉俳文集上』堀切実編注　岩波書店
『芭蕉俳句集』中村俊定校注　岩波書店
『芭蕉書簡集』萩原恭男校注　岩波書店
『芭蕉入門』井本農一　講談社
『芭蕉二つの顔』田中善信　講談社
『松尾芭蕉』阿部喜三男　吉川弘文館
『松尾芭蕉（江戸人物読本2）』楠元六男　ぺりかん社
『芭蕉と門人たち』楠元六男　日本放送出版協会
『名勝史跡　山寺』立石寺
『私の歩いた奥の細道　出羽路編』佐藤秀五郎　而立書房
『奥の細道を歩く』ＪＴＢパブリッシング
『われもまた　おくのほそ道』森　敦　日本放送出版協会
『山形日本の歴史』横山昭男・誉田慶信・伊藤清郎・渡辺　信　山川出版社
『出羽三山』出羽三山神社社務所

『出羽修験の修行と生活』戸川安章　佼成出版社
『続「奥の細道」を歩く　出羽・越・北陸路』山本　偦　柏書房
『出羽三山と芭蕉　附　南谿集』出羽三山神社社務所
『瀧口入道』高山樗牛　岩波書店
『熊野　神と仏』植島啓司・九鬼家隆・田中利典　原書房
『新奥の細道』宮尾しげを　かのう書房
『平成大合併　日本新地図』小学館
『歴代天皇100話』林陸朗監修　立風書房
『六十里越街道にかかわる歴史と文化』六十里越街道文化研究会　みちのく書房
『今昔物語集三』日本古典文学大系24　岩波書店
『芭蕉とその方法』井上豊一　角川選書243　角川書店
『「おくのほそ道」を旅しよう』古典を歩く11　田辺聖子　講談社
『新版　おくのほそ道』潁原退蔵・尾形仂訳注　角川書店
『芭蕉辞典』飯野哲二編　東京堂出版

『「奥の細道」を読む④北陸路』麻生磯次　明治書院
『芭蕉の言葉「おくのほそ道」をたどる』佐々木幸綱・稲越功一　淡交社
『奥の細道を歩く』沢木欣一編　東京新聞出版局
『ジュニア版　酒田の歴史』ジュニア版酒田の歴史編集委員会　酒田市教育委員会
『知らなかった！驚いた！日本全国「県境」の謎』浅井建爾　実業之日本社
『新国語図録』小野教孝　白楊社
『秋田県散歩　飛騨紀行　街道をゆく29』司馬遼太郎　朝日新聞社
『謎の旅人　曽良』村松友次　大修館書店
『「奥の細道」をよむ』長谷川　櫂　筑摩書房
『週刊おくのほそ道を歩く　Vol.10　立石寺』角川書店
『トランヴェール二〇〇五―六月号　慈恩寺と立石寺　山形の古刹を訪ねる』東日本旅客鉄道株式会社
『週刊おくのほそ道を歩く　Vol.17　出羽三山　羽黒山』角川書店
『週刊おくのほそ道を歩く　Vol.18　出羽三山　月山・湯殿山』角川書店

『月山・鳥海山』森　敦　文藝春秋
『週刊おくのほそ道を歩く　Vol. 15　羽州浜街道　酒田・鶴岡』角川書店
『週刊おくのほそ道を歩く　Vol. 16　羽州浜街道　象潟』角川書店
『木の本』高森登志夫・萩原信介　福音館書店

著者略歴

田　口　惠　子（たぐち　よしこ）

1942年　東京都品川区生まれ
1960年　都立田園調布高等学校卒業
1964年　実践女子大学国文科卒業
1964年　高木女子学園高等学校教諭
1968年　実践女子大学大学院文学研究科国文学修士終了
1978年　きびたき短歌会入会〜
1981年　歌と観照社入会〜
1982〜2009年　木立短歌会
1982〜98年　生活協同組合コープふくしま理事
1997〜2000年　福島県農業農村活性化懇話会委員

著書　歴春ふくしま文庫㊾『おくのほそ道を歩く』歴史春秋社
　　　『おくのほそ道を歩く　宮城・岩手』歴史春秋社

写真撮影

田　口　守　造（たぐち　もりぞう）

1930年　福島県伊達市梁川町生まれ
1948年　福島県立保原中学校卒業（5年制）
1953年　福島大学経済学部卒業
1985年　（株）東邦銀行退職

おくのほそ道を歩く　山形・秋田

2013年10月25日第刷発行

著　者　田　口　惠　子
発行者　阿　部　隆　一
発行所　歴史春秋出版株式会社
〒965-0842
福島県会津若松市門田町中野
TEL　0242-26-6567
http://www.knpgateway.co.jp/knp/rekishun/
e-mail　rekishun@knpgateway.co.jp
印刷所　北日本印刷株式会社